La richesse de l'amour

Barbara Cartland

La richesse de l'amour

Traduit de l'anglais par Marie-Noëlle Tranchart

J'AI LU
POUR elle

Titre original :
The Richness of Love

1896

1

Moïra décapita d'un coup sec son œuf à la coque avant d'y tremper une mouillette beurrée.

Dans la salle à manger en rotonde, située à la base de l'une des tours du château, elle pouvait admirer le loch qui reflétait le bleu du ciel. Une vue dont jamais elle ne se lasserait...

Le soleil brillait sur les landes couvertes de bruyères où paissaient des moutons en liberté. Une belle journée s'annonçait. Une journée pour chevaucher sans fin à travers ces paysages écossais à la sévère beauté.

La jeune fille jeta un coup d'œil autour d'elle et retint un petit soupir.

L'ambiance, autour de la table familiale, n'avait rien de joyeux... Son père, le comte de Lednock, contemplait d'un air morne son assiette de haddock. Sa mère froissait machinalement entre ses doigts la lettre qu'elle venait de leur lire à haute voix. Seul Ewen, son frère aîné, semblait d'excellente humeur devant son bol de porridge.

Pour la première fois depuis des siècles, un Lednock se trouvait en butte à de graves difficultés financières. Les fermiers se plaignaient depuis plusieurs années de mauvaises récoltes. Puis une épidémie avait ravagé le bétail. Le comte aurait pu aisément faire face à ces épreuves si, à la suite d'investissements désastreux, il n'avait perdu la plus grande partie de sa fortune.

Grâce au ciel, leurs fidèles serviteurs n'avaient pas déserté, même si leurs gages n'étaient pas versés très régulièrement. De plus, le loch produisait du poisson, le potager d'excellents légumes, et les fermes des volailles, des œufs et de succulents gigots. Les Lednock n'étaient pas près de mourir de faim !

Le comte jeta sa serviette sur la table.

— Je suis désolé, Margaret, dit-il à sa femme. Mais il ne peut être question de recevoir qui que ce soit. Et encore moins d'organiser une fête au château.

— Une seule, Bruce ! Une seule…

— Étant donné l'état de notre situation financière, nous ne pouvons envisager de pareilles folies.

— M. Larry Harwood est recommandé par nos cousins lord et lady Cunningham. Si nous refusions de le recevoir, ils risqueraient de se froisser.

— Je ne vois pas pourquoi, dit Ewen, qui s'était levé pour aller se servir une seconde ration de porridge.

Il revint s'asseoir près de sa sœur.

— Non, honnêtement, je ne vois pas pourquoi, répéta-t-il. Ce Larry Harwood n'est ni notre cousin ni notre ami. De plus, nous ne l'avons jamais vu ! Par conséquent, nous ne lui devons absolument rien.

— Je trouve que ce serait amusant d'avoir une visite, murmura Moïra en reprenant une mouillette.

— Peuh ! La visite d'un Américain ?

— Ce serait intéressant.

— Pourquoi ? À quoi t'attends-tu ?

— Je n'ai jamais vu un seul Américain de ma vie.

Ewen haussa les épaules.

— La belle affaire ! Tu sais, ils sont exactement comme nous. Deux bras, deux jambes, une tête... La seule différence ? Des paquets de dollars plein les poches et un drôle d'accent.

— Oh, Ewen !

Le frère et la sœur échangèrent un regard amusé avant d'éclater de rire. Ils se ressemblaient beaucoup, avec leurs cheveux d'un noir de jais, leurs yeux couleur émeraude et leur teint très clair.

— Vous trouvez cela drôle ? grommela le comte. J'ai déjà assez de problèmes, je vous assure que je me serais volontiers passé de celui-ci.

— Cet Américain pourrait en amener d'autres au château de Lednock, suggéra Moïra. Il paraît que de nombreux châtelains hébergent maintenant des hôtes payants et...

Elle s'interrompit en voyant l'expression de son père.

— Je ne m'abaisserai jamais à jouer les hôteliers ! tonna-t-il. Jamais, vous entendez ! Et quoi encore ?

Plus personne n'osait ouvrir la bouche. Quelque peu radouci après cet accès de colère, le comte déclara :

— Que cela nous plaise ou non, je suppose qu'il nous faut recevoir ce Larry Harwood.

— Pourquoi ?

— Tout simplement parce que je ne vois pas le moyen de procéder autrement.

Pensif, il ajouta :

— Mais comment le distraire ?

— Une chasse à courre, peut-être ? suggéra la comtesse sans enthousiasme.

— Une partie de pêche au saumon ? proposa Ewen.

— Je vais étudier tout cela, marmonna le comte.

Moïra fit la grimace. Elle n'appréciait pas plus la chasse que la pêche.

— Et le dernier soir, je suppose que nous devrons donner un bal, reprit son père.

Cette fois, la jeune fille eut envie de sauter de joie.

— Un bal ici ? Un bal au château ? murmura-t-elle, les yeux brillants.

Sa mère la regarda avec tendresse.

— Je comprends que tu aies envie de danser…

Soudain, elle parut soucieuse.

— Tu as déjà dix-huit ans, ma petite Moïra, tu aurais dû faire ton entrée dans le monde. Malheureusement…

Laissant sa phrase en suspens, la comtesse soupira.

— Vous savez, je n'ai pas spécialement envie d'aller faire des courbettes au milieu des débutantes, ma chère maman, fit Moïra avec bonne humeur. Un grand bal au château de Lednock me suffirait largement.

— Pas un *grand* bal, grommela le comte. Ah, non ! Juste une petite sauterie.

— Je m'en contenterai, assura la jeune fille. S'il y a de la musique et si je peux valser, je n'en demanderai pas davantage.

Le châtelain haussa les épaules.

— Ma chère enfant, tu devras te mettre au piano si tu veux de la musique.

— Mais… mais si je joue du piano, comment pourrai-je danser ? objecta Moïra, sidérée.

— Oh, je n'en sais rien ! s'écria son père avec impatience.

Sur ces mots, il se leva et quitta la salle à manger en claquant la porte.

— Eh bien ! firent Ewen et Moïra avec stupeur.

— Il ne faut pas en vouloir à votre père, mes enfants, dit la comtesse. Il a tant de soucis en ce moment !

La jeune fille restait choquée.

— Me dire que je devrais me mettre au piano, moi, alors que je rêve de tournoyer au rythme d'une valse de Strauss !

— Ne t'inquiète pas, ma chère enfant. Nous n'aurons qu'à demander à Mlle MacCarthy, le professeur de piano de Kilchnock, de venir jouer.

Ewen leva la main.

— J'ai une bien meilleure idée. Un petit orchestre s'est constitué à Kilchnock, sous l'égide de Mlle MacCarthy, justement. Piano, violon, flûte et contrebasse. Je connais tous les musiciens. Ils sont tellement contents lorsqu'ils ont l'occasion de se produire en public qu'ils ne demandent qu'un cachet dérisoire.

La comtesse hocha la tête.

— Voilà ! Tout s'arrange. Puis-je compter sur toi pour les contacter, Ewen ?

— Bien sûr, mère.

— Il faudra aussi que tu ailles parler à notre garde-chasse et à notre garde-pêche des projets de ton père.

Ewen secoua négativement la tête.

— Certainement pas.

— Mais…

— Laissons père s'occuper de cela. La chasse et la pêche représentent son domaine réservé. Vous savez bien qu'il n'apprécierait nullement mon intervention.

— Tu as raison, admit la comtesse.

Elle se leva.

— Veux-tu venir avec moi, Moïra, s'il te plaît ? J'aimerais jeter un coup d'œil à la chambre bleue en prévision de la visite de cet Américain.

La chambre bleue était l'une des plus jolies du château, et Moïra avait toujours entendu dire que la reine Anne Stuart y avait dormi en 1704.

Quand la comtesse souleva un rideau de satin dont le bleu roi avait été décoloré par le soleil, un nuage de poussière s'en éleva et la fit éternuer.

— Il va falloir faire un grand ménage ici, murmura-t-elle.

— Comme dans tout le château.

La comtesse soupira.

— Je le crains.

Après un silence, elle déclara :

— Ne te laisse pas impressionner par la mauvaise humeur de ton père, ma petite Moïra. Il a tant de soucis ! Espérons que les moissons seront bonnes cette année et que le domaine redeviendra rentable. Sinon…

— La situation est aussi grave que cela, mère ?

— Oui. Je crains même que nous ne puissions pas aller à Édimbourg comme je te l'avais promis.

Moïra s'efforça de sourire.

— Bah ! Un bal à Lednock vaut tous ceux d'Édimbourg.

Tendrement, la comtesse rejeta en arrière une mèche qui s'était échappée du chignon de sa fille.

— Tu es toujours si optimiste, si compréhensive…

— Si ce M. Harwood aime monter à cheval, je pourrai l'emmener galoper le long du loch.

— Nous verrons. Il paraît que les Américains montent si bizarrement à cheval ! Ils ont des étriers et des selles énormes… rien à voir avec nos selles anglaises. Et ils ne se promènent jamais sans un lasso.

Moïra éclata de rire.

— Comme j'aimerais apprendre à me servir d'un lasso ! Ainsi, quand Ewen me taquinera, je l'attraperai, je le traînerai derrière mon cheval…

La comtesse feignit d'être choquée.

— A-t-on idée de raconter des choses pareilles ? Mon enfant, tu n'es qu'un garçon manqué.

Pendant que sa fille se remettait à rire, elle se mit à rêver tout haut.

— Si cet Américain était un séduisant millionnaire, si tu lui plaisais…

— *Si, si, si !* Oh, mère ! Aimeriez-vous que j'épouse un Américain et que j'aille vivre de l'autre côté de l'Atlantique ?

La comtesse frémit.

— Ne parle pas de malheur ! Tout ce que je souhaite, c'est que tu deviennes la femme d'un véritable Écossais. Un homme selon mon cœur.

— Un homme selon *mon* cœur, corrigea Moïra.

Le visage de la comtesse s'assombrit.

— Espérons que tu rencontreras ton prince charmant et que tu seras très heureuse.

Très bas, elle ajouta :

— Espérons surtout que tu n'auras pas besoin de choisir un mari en fonction de sa fortune.

Moïra n'avait pas entendu cette dernière réflexion. Elle s'était approchée de l'une des fenêtres pour contempler le splendide panorama sur le loch, les landes et, au loin, la mer.

— Comme c'est beau, ici ! Jamais je ne me lasserai de ces splendides paysages. Épouser un Américain et partir pour le Nouveau Monde ? Jamais !

— Ne parle pas trop vite. Et si tu tombais amoureuse de ce Larry Harwood ?

Au cours des jours suivants, quelques villageoises engagées spécialement pour l'occasion vinrent nettoyer le château de la cave au grenier. Elles lavèrent à grande eau les dalles en granit, battirent les tapis, aérèrent les chambres, nettoyèrent les vitres…

Car ce n'était pas seulement la chambre bleue qu'il fallait préparer, mais beaucoup d'autres, car il faudrait loger certains des invités – tout au moins ceux qui séjournaient trop loin.

Moïra aida son père à rédiger des invitations à tous les châtelains des environs, ainsi qu'aux personnes qui comptaient dans la région. Un week-end de pêche et de chasse, suivi d'un bal, ne pouvait qu'attirer beaucoup de monde.

Une fois ses premières réticences passées, le comte semblait bien décidé à ce que le séjour de Larry Harwood en Écosse soit une réussite.

L'Américain devait arriver par le train à Édimbourg, où l'attendrait, pour le conduire à Lednock, une voiture réservée par téléphone, cette nouvelle invention qui commençait à se répandre dans certaines grandes villes. Mais pas encore dans les endroits isolés comme le château.

— Je ne crois pas que nous aurons un jour le téléphone au château, dit Ewen.

— Au siècle prochain, peut-être ? fit Moïra.

Son frère éclata de rire.

— Même au siècle prochain ! Tu imagines ? Pouvoir parler de chez soi à une personne qui se trouve à des centaines de kilomètres… Cela semble irréalisable.

— Pourtant, certains prédisent que le téléphone éclipsera un jour le télégraphe.

Tous deux étaient allés se promener à cheval dans les landes.

— Crois-tu que Larry Harwood sera jeune et beau ? demanda Moïra.

Ewen ricana.

— S'il est un ami des Cunningham, je parie qu'il sera vieux, laid et gros.

— Oh ! Tu es méchant ! Les Cunningham sont très gentils.

— Mais ils ne sont plus très jeunes. Et je suppose que leurs amis doivent avoir à peu près le même âge qu'eux.

— Je serais curieuse de voir un Américain…

— Tu l'as déjà dit. Et je t'ai répondu qu'ils étaient exactement comme nous.

— Avec un accent terrible et beaucoup de dollars. On raconte des tas de choses au sujet des Américains. On dit qu'ils parlent haut et fort, qu'ils sont vantards...

— Il ne faut rien croire de tout cela.

— Pourquoi, s'il te plaît ?

— Parce que c'est une erreur de faire des généralités. La preuve ? On dit aussi que les Écossais sont avares et têtus.

— Rien de plus faux.

La jeune fille paraissait soucieuse.

— Je suis tellement désolée que père ait tous ces soucis d'argent.

— Une bonne récolte permettrait de nous remettre à flot. Évidemment, ce ne serait pas encore la fortune, mais nous pourrions enfin respirer.

Il soupira.

— Père ne veut pas l'avouer, mais notre situation est très difficile.

Larry Harwood, qui, au lieu de se contenter d'un simple week-end, avait décidé, d'autorité, de passer toute une semaine au château, arriva le lundi. Dès que la voiture franchit la grille, deux valets dont les livrées sentaient la naphtaline ouvrirent les portes du château en grand. Puis Randkine, le vieux majordome aux favoris gris, sortit sur le perron.

Toute la famille Lednock était là pour accueillir l'Américain qui s'extirpait péniblement de la voiture.

Il porta la main à ses reins.

— Oh, mon pauvre dos ! claironna-t-il. Quelles mauvaises routes ! J'ai bien cru que j'arriverais en morceaux.

La comtesse s'avança vers lui, les mains tendues.

— Bienvenue au château de Lednock.

— Bienvenue, renchérit le comte.

Moïra et son frère échangèrent un regard effaré. Larry Harwood, un homme d'une quarantaine d'années, n'avait rien de séduisant. Petit, corpulent, vêtu d'un costume à carreaux, il paraissait au contraire absolument ridicule.

D'ailleurs, les valets, qui n'étaient pas moins ridicules dans de vieilles livrées récupérées au grenier, avaient toutes les peines du monde à ne pas pouffer ouvertement.

L'Américain s'inclina devant la comtesse, tout en ôtant son chapeau couleur crème – un invraisemblable chapeau comme jamais Moïra n'en avait vu. Elle apprit plus tard qu'il s'agissait d'un Stetson, le couvre-chef préféré des Texans.

« Eh bien ! pensa la jeune fille, sidérée, en voyant ses cheveux gominés. Pas de danger pour que je tombe amoureuse d'un pareil clown. »

— Milady ! s'exclama Larry Harwood en saisissant l'une des mains de la comtesse entre les siennes.

Il la serra si fort qu'elle retint à grand-peine une grimace de douleur. Le comte eut droit lui aussi à une vigoureuse poignée de main qui ne sembla pas le troubler.

— Voici nos enfants, Ewen et Moïra, dit-il.

Le frère et la sœur eurent à leur tour la main broyée.

— Bonjour, monsieur, murmura Moïra.

— Au diable les cérémonies. Appelez-moi donc Larry, ma chère Moïra.

— Euh, bonjour… Larry.

L'Américain s'inclina une nouvelle fois devant la comtesse.

— Comment vous remercier, milady ? reprit-il avec un accent américain à couper au couteau. Je suis si content de voir enfin un véritable château écossais !

— Nous sommes heureux de vous y recevoir, répondit-elle courtoisement.

— Y a-t-il des fantômes ici ?

— Oh, oui, assura Ewen, pince-sans-rire.

— La nuit, mieux vaut ne pas vous promener dans les couloirs, renchérit Moïra. Ils les hantent… Et comment savoir s'ils ont de bonnes intentions ou pas ?

Le comte haussa les épaules.

— Ne dites pas de bêtises, les enfants. Je n'ai jamais vu un seul fantôme à Lednock.

— Dommage ! J'aurais bien aimé en attraper un, dit Larry Harwood.

Ewen ne put s'empêcher de ricaner.

— Attraper un fantôme ? Impossible.

— Qui sait ? Dans ce pays, tout est si bizarre… Vous savez, nous n'avons pas plus de châteaux que de fantômes en Amérique.

— Cela vous manque-t-il ?

— Pas du tout.

Un peu déstabilisée par cette étrange conversation, la comtesse demanda :

— Avez-vous fait bon voyage, monsieur ?

— Excellent, merci. Un peu long, cependant. Les chemins de fer britanniques sont loin de valoir les chemins de fer américains, que ce soit au point de vue confort comme au point de vue rapidité.

Larry Harwood recula de quelques pas pour mieux admirer les tours altières du château.

— Quand ce monument bizarre a-t-il été construit ?

Le comte eut un haut-le-corps en entendant traiter le berceau familial aussi cavalièrement.

— En 1520, répondit-il du bout des lèvres. Puis, en 1542, Sa Majesté Marie Ire…

— Sa… Sa Majesté ? Une reine ? Une vraie reine ?

— Naturellement. Je disais donc que la reine Marie Stuart, reine d'Écosse en 1542, avait donné ce château au premier comte de Lednock.

— Ce n'est pas vrai !

— C'est rigoureusement exact.

— Eh bien ! 1542, voyez-vous ça... Une reine ! Je lui tire mon chapeau.

Et il ôta de nouveau son Stetson, tandis que Moïra et Ewen avaient toutes les peines du monde à ne pas éclater de rire.

Stupéfaite par les manières de leur hôte, la comtesse toussota.

— Randkine, le majordome, va vous conduire jusqu'à votre chambre, monsieur. Nous vous avons donné la chambre bleue.

— La reine Anne Stuart y a dormi en 1704, ajouta Ewen.

— Une autre reine ! Par exemple ! Quand je raconterai ça à New York, personne ne voudra me croire. Comme je regrette de ne pas avoir acheté l'un de ces nouveaux appareils photographiques qui permettent d'immortaliser tout ce que l'on voit !

Le comte accompagna l'Américain dans le hall.

— Randkine, voulez-vous conduire M. Harwood jusqu'à sa chambre, s'il vous plaît ?

— Tout de suite, milord. Si vous voulez bien m'accompagner, monsieur...

Larry Harwood se sentit tout de suite chez lui au château. Il mangeait comme quatre, parlait d'une voix de stentor – on aurait cru qu'il voulait être entendu jusqu'au village –, et semblait s'intéresser à toutes les coutumes de ses hôtes.

— Il nous étudie comme si nous étions une tribu primitive, dit Moïra avec dégoût.

— Et il ne manifeste guère de tact, renchérit Ewen. Quand il a vu le vieux MacGarry en kilt, il a ri comme un fou. « Ha, ha ! Un homme en jupe ! Ha, ha ! Je n'ai jamais rien vu d'aussi drôle. »

— Je parie qu'il a ajouté : « Quand je raconterai ça à New York... »

— Tu penses !

— Je ne crois pas à la moitié de ce qu'il raconte. Par exemple, cette histoire de pépites d'or aussi grosses que des œufs que l'on trouve dans les rivières californiennes... Tu as ajouté foi à une pareille fable, toi ?

— Pas vraiment. Mais il est riche, cela ne fait aucun doute. As-tu remarqué le pommeau de sa canne, tout incrusté de diamants ?

— Oui.

Moïra se mit à rire.

— Ce n'est cependant pas avec une canne pareille que je l'imagine escaladant les rochers.

— Et encore moins avec ses bottines en chevreau, renchérit Ewen en se joignant à l'hilarité de sa sœur.

Soudain, son visage se rembrunit.

— Je me demande de quoi il peut bien parler avec père, le soir.

— Quand ils s'enferment tous les deux dans la bibliothèque pour boire du whisky et fumer des cigares ?

— Oui.

Un peu dépité, Ewen ajouta :

— Je n'ai pas été invité une seule fois à me joindre à eux.

Moïra se remit à rire.

— Ils doivent penser que tu es trop jeune pour boire du whisky et fumer.

Offensé, Ewen se redressa.

— Moi ? Trop jeune ? À vingt-trois ans bien sonnés ?

— Oh, le grand âge ! se moqua-t-elle.

Son frère fit mine de la regarder de haut.

— N'oublie pas que tu as cinq ans de moins que moi, ma chère enfant !

Moïra pouffa. Incapable de garder son sérieux plus longtemps, Ewen l'imita.

— Au fond, cet invraisemblable Américain est fort distrayant, conclut-il. Il nous suffira d'évoquer son séjour pour égayer les longues soirées d'hiver.

Le vendredi matin devait avoir lieu une chasse à la grouse – le coq de bruyère.

Moïra avait décidé de ne pas y participer car elle avait toujours détesté la chasse. Cela la rendait malade d'entendre la meute hurler en se lançant à la poursuite d'un daim ou d'un renard. Et quand, après une battue, elle voyait les hommes revenir au château avec leurs gibecières débordant de coqs de bruyère ensanglantés, elle courait se réfugier dans sa chambre.

Elle aurait bien voulu voir ces pratiques cruelles bannies. Mais comment aurait-elle pu aller à l'encontre des traditions qui voulaient qu'en Écosse on chasse la grouse et on pêche le saumon ?

Les invités commencèrent à arriver de bonne heure au château, où un substantiel petit déjeuner les attendait. Ceux qui habitaient trop loin logeraient sur place pendant tout le week-end. D'autres seraient hébergés au château de lord Crieff, à une dizaine de kilomètres de Lednock.

Lord Crieff, le meilleur ami du comte et de la comtesse, avait été stupéfait en faisant la connaissance de leur hôte américain.

— Je n'ai jamais vu un homme pareil, avait-il déclaré, le premier moment de surprise passé. Jamais de ma vie ! On dirait une… une caricature.

Moïra assista au départ de la chasse. Une bonne vingtaine de messieurs, équipés de pied en cap de vêtements en toile caoutchoutée de teinte verdâtre, fusil en bandoulière, s'étaient rassemblés dans la cour du château.

Le comte, qui avait dû prêter son plus bel ensemble de chasse à Larry Harwood, se contentait d'un costume qui avait connu des jours meilleurs.

— Père aurait dû laisser à Larry sa vieille veste, dit Moïra à son frère.

— Tu sais bien que notre invité a droit à ce qu'il y a de mieux, rétorqua Ewen d'un ton acide.

— Cela nous rapportera quoi ?

— Mère te dirait qu'il ne faut pas tout ramener à des questions matérielles.

— Soit ! Mais...

— Cela ne nous rapportera rien du tout, déclara Ewen avec amertume. Sinon des dépenses faramineuses. Bon ! Sur ce, je vais rejoindre les chasseurs.

— Ne tue pas trop de grouses, s'il te plaît.

Ewen caressa les cheveux de sa sœur.

— Pauvre petite Moïra... Tu es si douce, et le monde est si dur !

Parmi les chasseurs qui parlaient haut et fort – pas toutefois autant que Larry Harwood, dont la voix de trompette dominait toutes les autres –, Moïra remarqua soudain un jeune homme qui se tenait un peu à l'écart, comme si cela lui déplaisait de se mêler à cette foule bruyante.

Grand et mince, avec des cheveux d'un blond foncé un peu trop longs qui lui firent penser à ceux d'un chevalier des temps anciens, il avait énormément d'allure dans son ensemble de chasse bien coupé.

Le cœur de la jeune fille se mit à battre la chamade.

« Dieu qu'il est beau ! » pensa-t-elle.

Surprenant son regard, il s'inclina légèrement. Moïra lui répondit d'un timide sourire.

Puis elle rougit jusqu'à la racine des cheveux, gênée parce que ce séduisant inconnu l'avait surprise en train de le regarder… avec autant d'intérêt que d'admiration.

« Qui est-ce ? » se demanda-t-elle.

Elle aurait bien voulu le savoir, mais pour rien au monde n'aurait posé de questions à Ewen, sachant que celui-ci se moquerait aussitôt d'elle.

Les chasseurs, qui étaient partis de bonne heure, ne revinrent qu'à l'heure du thé, affamés. La cuisinière, aidée par plusieurs femmes du village, avait préparé des montagnes de délicieux canapés, des petits sandwiches au foie gras, des volailles ou du gibier rôti et de succulents gâteaux.

Comme une chasse à courre était prévue le lendemain, les participants devraient se lever de très bonne heure. Par conséquent, ce plantureux buffet était censé remplacer le dîner.

Larry Harwood sortit fièrement plusieurs faisans de sa gibecière, tout en se glorifiant de ses exploits.

— Une tasse de thé ? lui proposa la comtesse.

Il fit la grimace.

— Ah, les Anglais et leur thé !

— Nous ne sommes pas anglais mais écossais, répliqua-t-elle, choquée.

— Bah ! C'est du pareil au même.

« Comme il peut être vulgaire », se dit Moïra.

Sa mère devait avoir la même opinion de leur hôte, mais elle était trop bien élevée pour se permettre la moindre réflexion.

— Qu'aimeriez-vous boire, cher ami ?

— Un bon verre de whisky, évidemment.

Moïra s'éloigna et chercha du regard le jeune homme qui lui avait souri. Mais elle ne le vit pas au milieu des chasseurs qui racontaient sans fin leurs exploits, ni auprès de ceux qui se pressaient autour de l'appétissant buffet.

Déçue, elle fit le tour du château. Le hasard voulut que ses pas la conduisent dans le potager. D'ordinaire, elle n'y rencontrait que la cuisinière ou le jardinier. Ni ses parents ni Ewen ne s'intéressaient aux fraisiers, aux laitues ou aux petits pois.

Un homme inspectait les haricots verts. En passant la barrière, elle eut le soleil dans les yeux et, voyant une silhouette sombre, s'imagina qu'il s'agissait du jardinier.

Mais en s'approchant, elle retint sa respiration. En fait de jardinier... c'était le bel inconnu qui se penchait vers leurs haricots verts !

Il avait entendu la barrière grincer, se retourna et la reconnut.

— Mademoiselle de Lednock... dit-il en s'inclinant.

Ainsi, il savait qui elle était, mais elle ignorait toujours son nom.

— Après tout ce vacarme, ces voix, ces coups de fusil, j'ai eu envie d'un peu de calme, poursuivit-il.

— Je vous comprends aisément.

— Savez-vous que ces haricots sont infestés d'insectes.

Il désigna les feuilles et, en s'approchant, la jeune fille s'aperçut à sa grande stupeur qu'elles étaient couvertes de minuscules bestioles noires.

— Si votre jardinier ne prend pas de mesures maintenant, la récolte sera perdue.

Étonnée qu'un homme comme lui s'intéresse à un tel problème, elle murmura :

— Merci beaucoup. Je le préviendrai.

Sans réfléchir, elle demanda :

— Êtes-vous horticulteur ?

Il laissa échapper un léger rire.

— Ah, non ! Cela ne m'empêche pas de m'intéresser à la nature. Mais permettez-moi de me présenter…

Il ôta son chapeau et s'inclina avec aisance, tandis que le soleil faisait briller ses longs cheveux blond foncé.

— Basil Weston.

— Je suis Moïra de Lednock.

— Oui, je le savais déjà. Je suis un ami de votre frère. Nous étions ensemble à l'université d'Édimbourg.

Sa voix, chaude et rauque, résonnait comme une véritable musique aux oreilles de Moïra. Elle eut l'impression de se noyer dans ses yeux d'un merveilleux gris-bleu… et son cœur manqua un battement.

— Séjournez-vous au château ou chez lord Crieff ? s'entendit-elle demander.

— Je suis descendu tout simplement à l'auberge du village. J'ai plus de liberté ainsi.

Il devait savoir que la bienséance voulait qu'il ne reste pas longtemps seul en compagnie d'une jeune fille. Aussi il s'inclina de nouveau.

— J'ai été très heureux de faire votre connaissance, mademoiselle. Je vais maintenant retourner à mon auberge.

Elle s'étonna.

— Vous ne restez pas ?

— Pas ce soir. Je sais ce qui se passe après une journée en plein air comme celle-ci…

— Que se passe-t-il ?

Le voyant hésiter, la jeune fille sourit.

— Vous pouvez me parler franchement.

— Eh bien… Je devine que tout le monde va boire trop de whisky, que l'on va raconter des histoires prétendument drôles, au milieu des gros rires… Cela ne m'intéresse guère. Je préfère aller dormir de manière à être en forme demain pour la chasse à courre. Aurai-je le plaisir de vous voir ?

Ce fut au tour de Moïra d'hésiter.

— Je n'ai jamais aimé chasser… avoua-t-elle. Mais j'adore monter à cheval.

Et, hochant vigoureusement la tête, elle déclara :

— Oui, je viendrai.

Le lendemain matin, la comtesse fut très étonnée lorsqu'elle vit Moïra, vêtue de sa plus élégante tenue d'équitation, montée en amazone sur Fleur-de-Mai, sa vieille jument grise.

— Tu vas suivre la chasse ? lui demanda-t-elle avec stupeur.

Elle caressa l'encolure de Fleur-de-Mai pendant que, un peu plus loin, les chiens de la meute aboyaient, impatients de se lancer dans les *moors*.

— Je croyais que tu détestais cela, poursuivit-elle.

Moïra se sentit rougir.

— J'ai eu envie de faire une promenade à cheval.

Sa mère lui adressa un sourire amusé.

— Tiens, tiens ! Y aurait-il, parmi tous ces messieurs, un jeune homme qui…

— Pas du tout ! s'écria la jeune fille en rougissant de plus belle. Mais pour une fois que nous avons du monde au château, je me suis dit que… que ce serait amusant de participer aux festivités.

— La chasse à courre serait donc maintenant une fête pour toi ? Tu as bien changé.

Moïra baissa la tête en se mordant la lèvre inférieure au sang. Sa mère était beaucoup trop perspicace !

« Elle ne doit pas se rendre compte que je m'intéresse à Basil Weston. Après tout, je ne sais absolument rien de lui. Ewen aurait peut-être à dire pis que pendre à son sujet. Et père pourrait fort bien décréter qu'il est infréquentable et que je dois l'éviter à tout prix. »

Basil vint lui tenir compagnie pendant deux minutes. Ils échangèrent deux ou trois banalités. Puis les cavaliers qui menaient la chasse prirent le grand galop et il les rejoignit. Moïra tenta de le rejoindre, mais le pur-sang du jeune homme était beaucoup plus rapide que Fleur-de-Mai.

Il lui adressa un signe de la main amical, sauta une haie et disparut avec le groupe de tête.

Comprenant qu'elle ne le rattraperait jamais, Moïra rassembla ses rênes et mit sa jument au pas.

« Il me traite comme si j'étais une petite fille », pensa-t-elle, piquée au vif.

Au loin résonnèrent les trompes des piqueux annonçant qu'une bête avait été débusquée. Elle pinça les lèvres.

« De toute façon, je n'ai pas envie d'assister à la curée. »

Elle tourna bride et rentra au château.

Ce soir-là, après un grand dîner aux chandelles, deux valets dont les livrées sentaient toujours la naphtaline ouvrirent les portes de la salle de bal et le petit orchestre de Mlle MacCarthy attaqua *Le Beau Danube bleu*.

Le cœur de Moïra se mit à battre follement. Basil Weston allait-il l'inviter à danser ?

Elle avait rêvé de se trouver assise à ses côtés pendant le dîner. Hélas, on l'avait placée entre un vieux général à la retraite qui répétait tout le temps la même chose et Larry Harwood, qui ne cessait de se vanter de sa voix de trompette de ses prouesses à cheval.

Quant à Basil, il avait été placé tout au bout de la table, en compagnie des invités de moindre importance. À plusieurs reprises, la jeune fille avait surpris ses yeux posés sur elle. Mais quand il s'apercevait qu'elle le regardait, il se détournait immédiatement et se mettait à bavarder avec animation avec l'une ou l'autre de ses voisines. Toutes deux de ravissantes jeunes filles, avait remarqué Moïra, déjà presque jalouse.

« Mon Dieu, que m'arrive-t-il ? ne cessait-elle de se demander. Je ne vais tout de même pas tomber amoureuse d'un homme avec lequel j'ai parlé seulement deux fois ! »

Le comte ouvrit le bal avec lady Crieff, puis lord Crieff vint inviter la comtesse de Lednock et, très vite, d'autres couples se mirent à tournoyer sur le parquet récemment ciré, tandis que les lumières des lustres se reflétaient dans les hautes glaces encadrées de doré.

« Il y a bien longtemps que nous n'avons pas eu un bal à Lednock, pensa Moïra. La dernière fois, j'étais encore une enfant. J'ai dû me contenter d'écouter la musique de mon lit… »

Elle se souvenait aussi qu'elle était allée se poster en haut de l'escalier pour regarder entrer les invités de ses parents. Des messieurs en habit, des dames en somptueuses robes du soir de toutes les couleurs de l'arc-en-ciel…

C'était elle, maintenant, qui portait une robe du soir en provenance de l'une des boutiques d'Édimbourg. Une robe déjà démodée, même si la vendeuse avait assuré qu'elle venait de Paris.

En mousseline vert pâle, ornée de bouillonnés dont le vert plus foncé rappelait celui de ses yeux, cette robe lui donnait l'allure d'une sylphide. Elle ne portait pas de bijoux – à l'exception de très jolies boucles d'oreilles anciennes en émeraudes.

— Vous dansez, Moïra ?

Hélas, ce n'était pas Basil Weston qui venait de s'incliner devant elle… mais Larry Harwood.

Sans même attendre sa réponse, l'Américain la saisit par le poignet et l'entraîna.

« Il se dandine comme un ours », pensa la jeune fille.

— Je croyais qu'on dansait la gigue en Écosse, dit-il.

— Cela va venir, n'ayez crainte. Les joueurs de cornemuse attendent leur tour. Aïe !

— Je vous ai fait mal ?

— Vous m'avez marché sur le pied.

— Pardon. Je suis désolé, cela ne m'arrive jamais…

Comment osait-il parler ainsi, alors qu'il lui écrasait les pieds à chaque instant ?

« Il va abîmer mes escarpins en satin », se dit Moïra, furieuse.

Grâce au ciel, la musique s'interrompit.

— Vous devriez aller inviter lady Crieff, suggéra-t-elle à l'Américain.

— Ah, non, alors ! Je ne danse qu'avec de jeunes et jolies filles.

L'orchestre se remit à jouer. Moïra redoutait que Larry Harwood ne l'accapare de nouveau, mais, heureusement, il fondit littéralement sur une petite blonde vêtue de rose.

— Vous dansez ?

« M'en voilà débarrassée pour le moment », pensa-t-elle, soulagée.

Juste à ce moment-là… miracle ! Basil Weston arriva près d'elle. Et elle eut l'impression que les battements précipités de son cœur dominaient la musique.

La taille bien prise dans son habit du soir à la coupe parfaite, Basil avait l'air d'un poète avec sa longue chevelure souple dont les mèches dorées frôlaient le col de sa chemise.

— M'accorderez-vous cette valse, mademoiselle ?

Comme dans un rêve, elle mit sa main dans la sienne. Et quand il l'enlaça, elle eut l'impression d'être un bateau qui atteignait enfin le port après avoir traversé une terrible tempête. Sa place était là, contre la solide poitrine de Basil Weston.

Ils se mirent à tournoyer. Leurs pas s'accordaient à merveille et il semblait à la jeune fille que ses pieds touchaient à peine le sol. Oh, que n'aurait-elle donné pour que la musique ne s'interrompe jamais !

Malheureusement, les musiciens n'entendirent pas sa prière et cessèrent de jouer. Au lieu de la lâcher, Basil la garda serrée contre lui. Ils n'avaient pas échangé une seule parole... Ils restaient ainsi, dans les bras l'un de l'autre, en silence. Puis l'orchestre attaqua *Rêve de Valse*, et, toujours sans un mot, Basil se remit à danser.

Les yeux clos, elle se laissait emporter par une foule de délicieuses sensations.

Hélas, cette valse se termina à son tour, elle aussi. Pendant que tout le monde applaudissait l'orchestre, Basil lui effleura les lèvres d'un baiser aussi léger que l'aile d'un papillon. Puis il s'inclina.

— Merci, jolie Moïra.

Lorsqu'elle leva la tête vers lui d'un air interrogateur, le cœur battant à tout rompre, il lui adressa un très léger sourire.

— Maintenant, je dois partir, murmura-t-il.

Ces quatre mots suffirent à l'envahir de désespoir.

— Déjà ?

— J'aimerais danser avec vous toute la soirée, mais ce ne serait pas correct.

— Tant pis pour la correction.

Il lui sourit de nouveau.

— Ne tentez pas le diable, jolie Moïra. Adieu !

— A… adieu ? fit-elle d'une voix étranglée.

— Adieu, répéta-t-il d'un ton sans appel.

L'instant d'après, il avait disparu.

2

Les derniers invités quittèrent le château le lundi matin… sauf Larry Harwood qui avait décidé de rester vingt-quatre heures de plus.

Moïra, sa mère et Ewen étaient soulagés de voir son séjour toucher à sa fin. Quant au comte… Personne ne pouvait deviner ce qu'il pensait. Il était le seul à s'être bien entendu avec leur visiteur, avec lequel il avait passé de longues heures à bavarder le soir, dans la bibliothèque.

— Je me demande bien ce qu'ils peuvent avoir à se raconter, dit Moïra à son frère. Tu as une idée ?

Ewen haussa les épaules.

— Harwood doit encore se vanter. Comme d'habitude !

Le lundi midi, tout en faisant honneur aux restes des festins de ces derniers jours, Larry Harwood pointa son couteau en direction du comte.

« Dieu, qu'il est mal élevé ! » pensa Moïra, après avoir échangé un regard éloquent avec son frère.

De sa voix claironnante, l'Américain s'exclama :

— Vous savez, Scott, vous ferez un tabac à New York !

« Comment ose-t-il appeler mon père par son prénom ? » se demanda Moïra, choquée.

Apparemment, sa mère ne l'était pas moins.

— Un tabac ? interrogea le comte en fronçant les sourcils. Je ne comprends pas.

L'Américain éclata de rire.

— *Faire un tabac*… Cela signifie, tout simplement, avoir beaucoup de succès. Et du succès, je vous assure que vous en aurez là-bas !

Ewen fronça les sourcils. Où leur invité voulait-il en venir ?

— Avec votre éducation, votre accent, votre nom et votre intelligence, vous deviendrez vite un personnage très important, reprit Larry Harwood.

Baissant la voix, il ajouta en confidence :

— Vous savez, il y a des fortunes à faire en Amérique.

Il hocha la tête.

— Des fortunes, oui ! répéta-t-il d'un ton convaincu.

Le comte hocha la tête d'un air entendu.

— C'est ce que j'ai compris, Larry.

Moïra, Ewen et leur mère se tournèrent vers le châtelain avec stupeur. Que signifiait tout cela ? Il ne pensait tout de même pas les quitter ? Surtout quand le domaine était aussi mal en point ?

Un silence glacial s'installa. Puis la comtesse déclara sèchement :

— Sachez, monsieur Harwood, que mon mari a beaucoup à faire ici.

— Bah ! Ewen peut très bien s'occuper du domaine. Quant à vous, Margaret, vous n'avez qu'à accompagner Scott.

Margaret ! Scott ! Ewen fulminait. Quoi, cet homme dont ils devaient supporter la présence depuis des jours se permettait de traiter aussi cavalièrement ses parents ?

— Vous serez accueillie comme une reine par toute la haute société américaine, poursuivit l'Américain. La vie sociale est très animée à New York. Je vous assure que cela vous changerait de votre existence dans ce trou perdu d'Écosse.

Moïra fut très choquée de l'entendre dénigrer ainsi l'endroit où il avait été reçu en ami. Quant à Ewen, il paraissait de plus en plus furieux.

La comtesse se leva.

— Excusez-moi, je me sens un peu fatiguée après toutes ces réceptions. Je vais aller me reposer un peu.

Moïra l'imita.

— Moi aussi.

Ewen se mit debout à son tour et les escorta sans mot dire. Une fois dans le hall, il laissa libre cours à sa colère.

— Ce ridicule personnage ne va tout de même pas emmener père en Amérique !

— Mon Dieu ! Si je m'attendais à cela... C'est donc de ce projet qu'ils s'entretenaient quand ils s'enfermaient dans la bibliothèque ? fit la comtesse d'une voix blanche.

— Rien n'est décidé encore, dit Moïra.

— Je n'en suis pas si sûre.

— Ils en parlaient seulement comme d'une possibilité.

— Peut-être... Mais ton père est très influençable. Tout cela m'inquiète beaucoup.

— Moi aussi, grommela Ewen. Ah, pourquoi avons-nous accepté de recevoir cet individu ? Non seulement il nous a coûté très cher, et voilà que maintenant il veut emmener père dans son pays !

— Tu sais, ton père aimait beaucoup voyager, autrefois.

— Quand il était jeune, soit ! Mais à son âge, on reste tranquillement dans son domaine en essayant de le faire fructifier.

Leur anxiété s'accrut encore lorsque le comte fit atteler une voiture pour se rendre à Stirling, la ville voisine.

Ewen jura entre ses dents.

— Il va chez son banquier. Je parie qu'il a l'intention de retirer des capitaux pour ce voyage. Comme si c'était le moment d'engager des dépenses supplémentaires...

Il feignit de s'arracher les cheveux.

— Nous sommes déjà dans une situation tellement difficile ! Certes, jusqu'à présent, la moisson s'annonce bien. Mais sait-on jamais !

Plus soucieux que jamais, il se mit à marcher de long en large.

— J'ai beau me creuser la tête, je ne vois pas comment trouver des rentrées d'argent supplémentaires.

— Je pourrais travailler ? suggéra Moïra.

— Oh, ma chérie ! s'exclama la comtesse. Ne dis donc pas de bêtises. N'oublie jamais que tu es la fille d'un comte.

— En cas de nécessité...

— De toute manière, nous n'en sommes pas là, déclara Ewen avec fermeté.

Une autre idée vint à la jeune fille.

— Et si je me mariais ?

L'image de Basil Weston s'imposa alors à elle. Depuis qu'elle l'avait rencontré, elle s'endormait en songeant à lui, elle rêvait de lui, et sa première pensée, à son réveil, était pour lui. Bref, cet homme qu'elle ne reverrait peut-être jamais occupait tout son esprit, de jour comme de nuit.

— Te marier ? Tu es bien trop jeune, ma chérie, dit la comtesse. Il faudrait avant cela que tu fasses une saison à Londres... ou même à Édimbourg. Que tu t'amuses un peu...

Pensive, elle enchaîna :

— Malheureusement, étant donné l'état de nos finances, la dot que nous pourrions t'offrir serait pratiquement inexistante. Mieux vaut attendre un peu...

— Attendre quoi ? demanda Moïra avec une pointe d'amertume. Que nous redevenions riches ? Même si la moisson est bonne, même si nous vendons des moutons au meilleur prix, je doute que cela arrive un jour.

— Il faudrait un miracle, soupira la comtesse.

— Ne soyez pas aussi défaitistes, toutes les deux, grommela Ewen d'un ton plein de reproche.

Il fronça les sourcils.

— Pour le moment, nous nous trouvons devant un problème bien réel. Imaginez que père décide de partir pour l'Amérique avec Harwood...

— Je crains fort que ce ne soit déjà décidé, fit Moïra d'une voix à peine audible.

La comtesse porta une main lasse à son front.

— Et il ne m'a rien dit encore ! Ces derniers temps, je n'ai pas réussi à discuter sérieusement avec lui. Lorsque je lui pose des questions, il fait mine de ne pas entendre. « Je sais ce que je fais, mon amie », répond-il invariablement.

En fin d'après-midi, de retour de Stirling, le comte convoqua les siens dans son bureau. Au grand soulagement de Moïra, Larry Harwood n'avait pas été convié.

— Vous savez que Larry part demain matin ? demanda le châtelain.

Pas de réponse. Chacun attendait la suite.

— Eh bien, j'ai une grande nouvelle à vous annoncer...

Il prit une profonde inspiration avant de déclarer d'un trait :

— Je vais l'accompagner.

— Père, vous ne pouvez pas partir maintenant ! s'écria Ewen. La moisson...

— Peuh, fit-il avec dédain. Je ne m'inquiète pas pour la moisson ! Et pourquoi pas pour le labourage ? Pour l'épandage ?

— Mais…

— Mon fils, tu es parfaitement capable de mener le domaine, tu l'as d'ailleurs prouvé à maintes reprises.

Quelque peu amadoué, Ewen se rengorgea.

— Je te fais entièrement confiance, ajouta le comte.

« Quelques compliments, et voilà Ewen content, pensa Moïra. Évidemment, pour lui, c'est flatteur de se retrouver soudain responsable du domaine. »

La voix posée de la comtesse s'éleva.

— Peut-on connaître, mon ami, le but de votre voyage en Amérique ?

— Il est évident ! J'espère bien faire fortune. Larry assure que tout ce que l'on investit là-bas peut rapporter dix fois, cent fois la mise. J'ai réalisé quelques opérations bancaires et avec l'argent que j'emporte, je reviendrai millionnaire.

— Tout cela me semble très aléatoire, mon cher.

— Pas du tout. Je ne suis pas homme à prendre des risques.

Personne n'osa lui rappeler que c'était à la suite d'investissements désastreux qu'il avait perdu la plus grande partie de sa fortune.

Moïra avait peine à retenir ses larmes. Sa mère semblait elle aussi sur le point d'éclater en sanglots. Seul Ewen paraissait à moitié satisfait.

— J'espère que Harwood ne vous a pas raconté d'histoires à dormir debout, père.

— Pourquoi Larry mentirait-il ? Il connaît les possibilités qu'offre son pays.

La comtesse crispa les doigts sur son mouchoir.

— Et… et vous avez l'intention de nous quitter demain ?

— Tout simplement parce que ce sera plus simple de voyager en compagnie de Larry. Mon valet doit déjà être en train de préparer mes bagages. De toute manière, j'emporterai très peu de chose. J'achèterai là-bas ce qui me sera nécessaire. On s'habille d'une manière différente en Amérique.

— Oui, nous avons vu cela, fit Moïra avec ironie. Vous reviendrez vêtu d'un splendide costume à carreaux verts ou jaunes ?

Le comte fronça les sourcils.

— Pas d'insolences, ma chère enfant, s'il te plaît.

Le lendemain matin, Moïra, sa mère et Ewen prirent leur petit déjeuner en silence. Qu'auraient-ils pu dire ? La décision du comte leur avait porté un tel coup…

Seuls le châtelain et Larry Harwood échangeaient quelques banalités au sujet du temps ou du long voyage qui les attendait.

Puis l'Américain remercia la comtesse en lui baisant maladroitement la main.

— Ce séjour en Écosse a été des plus agréables, chère Margaret.

— Vous auriez mieux fait de ne jamais venir ici, fit Moïra entre ses dents.

— Excusez-moi, chère Moïra, je n'ai pas compris ce que vous venez de dire.

— Rien.

La jeune fille embrassa ensuite le comte.

— Revenez vite, père, lui dit-elle dans un sanglot.

L'Américain s'était déjà installé dans la voiture. Le comte se tint pendant quelques instants sur le marchepied. Il agita le bras dans un geste théâtral.

— N'oubliez pas que tout ce que je fais, c'est pour vous, pour le domaine !

Une première lettre d'Amérique arriva trois semaines plus tard. La comtesse contempla presque religieusement l'enveloppe constellée de timbres.

Enfin, elle saisit un coupe-papier en ivoire et l'ouvrit.

Moïra, qui n'en pouvait plus d'impatience en la voyant parcourir le feuillet de papier grège, s'écria :

— Que dit-il, mère ?

La comtesse soupira.

— Pas grand-chose. Qu'il est en bonne santé et trouve que l'Amérique ne ressemble en rien à notre vieille Europe.

Ewen haussa les épaules.

— Cela, je veux bien le croire. À part cela, que raconte-t-il ?

— Rien.

La comtesse tendit la lettre à son fils.

— Vois toi-même.

Ewen lut à voix haute ces quelques lignes tracées en belle anglaise, avec des pleins et des déliés :

Ma chère Margaret,

Mon cher Ewen et ma chère Moïra,

Ce petit mot pour vous dire que je suis bien arrivé à New York, qui est une ville étonnante.

Chaque jour m'apporte une nouvelle surprise. L'Amérique n'a rien à voir avec notre vieille Europe.

À part cela, je vais bien, je pense à vous et je vous embrasse,

Scott, comte de Lednock

Après cette première lettre, les autres se succédèrent assez régulièrement chaque semaine ou tous les quinze jours. Puis le délai entre chaque missive s'allongea.

Chaque fois que le facteur apportait au château l'une de ces longues enveloppes couvertes d'une quantité de timbres inconnus et de tampons, Ewen et Moïra accouraient.

— Qu'écrit-il, cette fois ?

— Qu'il va bien et trouve la ville de New York aussi surprenante que stimulante, répondait la comtesse.

— Rien de plus précis ?

— Rien, mes enfants, voyez vous-mêmes.

Ewen s'empara de la lettre et eut un geste agacé.

— C'est invraisemblable ! Il ne donne aucun détail… Et les fameux investissements qui devaient rapporter au centuple et nous rendre millionnaires ? Pas un mot à ce sujet.

— Peut-être veut-il nous faire une surprise ?

— À moins que les choses n'aillent si mal qu'il n'ose pas nous mettre au courant, fit Ewen d'un air sombre.

— Voilà plus de cinq mois qu'il est parti, murmura Moïra.

La comtesse essuya une larme.

— Nous fêterons Noël dans un mois. Sera-t-il de retour à ce moment-là ?

Ewen jeta la lettre sur la table.

— Comment le savoir ? Il ne dit pas un mot à ce sujet.

Vexé, il ajouta :

— Il n'a même pas jugé utile de faire de commentaires quand je lui ai appris que la moisson avait été excellente. Il aurait dû être content, pourtant.

La comtesse s'essuya de nouveau les yeux.

— Tout cela doit lui paraître si loin !

Moïra avait elle aussi très envie de pleurer. Discrètement, elle quitta le salon et alla se réfugier dans le potager, où elle savait que personne ne viendrait la déranger. Jamais sa mère ou son frère ne s'aventuraient par là.

Elle s'approcha du carré de terre où avaient été plantés les haricots verts, ceux qui avaient été infestés d'insectes... Grâce à Basil Weston, le jardinier avait pu les traiter à temps.

— Basil, murmura la jeune fille.

Le séduisant jeune Écossais continuait à occuper ses pensées. Mais depuis le grand week-end de réception au château – plus de cinq mois auparavant maintenant –, elle n'avait pas eu de ses nouvelles. Et Ewen n'avait pas une seule fois parlé de lui.

« Je ne le reverrai probablement jamais, se dit-elle. Je ferais mieux de l'oublier. »

Impossible ! D'ailleurs, pourquoi le rayerait-elle de son esprit ? Grâce à lui, la grisaille morne de ses jours se trouvait éclairée par quelques souvenirs enchantés.

Ce n'était encore que fin novembre, mais l'hiver s'annonçait déjà très rude. Quand il ne pleuvait pas sur un sol détrempé, un épais brouillard pesait. Dans un tel environnement, le château paraissait sinistre.

Au moins, l'intérieur restait accueillant car la comtesse avait donné des ordres pour que l'on entretienne de grands feux de bûches dans les cheminées des chambres ainsi que dans celles des pièces du rez-de-chaussée où la famille avait l'habitude de se tenir.

Ewen, qui avait pris la direction du domaine, s'en occupait aussi bien et peut-être mieux que son père. Lentement, la situation se redressait.

— Le problème, c'est que je ne sais pas où nous en sommes à la banque, pestait le jeune homme. Le directeur ne veut rien me dire sous prétexte que tout est au nom de père. C'est parfaitement stupide !

— Je te l'accorde, soupira sa mère. Mais je suppose que les lois sont ainsi faites.

— Le banquier accepte quand même l'argent que tu lui apportes quand tu réussis à dégager quelques revenus ? demanda Moïra.

Ewen ricana.

— Pour cela, oui. Avouez que cette situation est d'une parfaite hypocrisie.

— Mais nous n'y pouvons rien, soupira la comtesse. C'est ainsi.

— Hélas !

Fin novembre, alors qu'Ewen était parti à cheval voir les fermiers qui habitaient à l'ouest du domaine, le majordome fit son entrée au salon où se tenaient Moïra et sa mère.

Avisant le plateau d'argent sur lequel il avait l'habitude de disposer le courrier, la comtesse s'étonna.

— Le facteur est passé à cette heure-ci ?

— Non, milady, ce n'était pas le facteur mais un petit télégraphiste.

En voyant le papier bleu, la comtesse pâlit.

— Mon Dieu ! Moïra, ton père...

Impassible, le majordome lui présenta le plateau. Elle s'empara du télégramme avec des mains tremblantes.

— Il est arrivé malheur à ton père, Moïra...

— Mère, lisez le télégramme avant de parler ainsi !

— Je... je n'ose pas l'ouvrir.

La jeune fille n'hésita pas. Elle s'empara de la petite enveloppe bleue et la décacheta.

— Pourquoi vous affoliez-vous, mère ? demanda-t-elle avec un sourire. Il s'agit de bonnes nouvelles.

— Vraiment ?

— Mais oui : père annonce son retour.

La comtesse porta les mains à son cœur.

— Est-ce vrai ? Enfin ! Oh, merci, mon Dieu ! Merci !

Moïra lut à voix haute ces deux lignes :

Retour de New York – stop – Suis à Londres – stop – Arriverai au château le 27 novembre – stop – Baisers.

— Le... le 27 novembre ? murmura la comtesse. Dans trois jours, ton père sera là ! Donne-moi vite ce télégramme, Moïra...

Elle le lut à son tour.

— Le 27 ! répéta-t-elle. Comme je suis heureuse !

Moïra demeurait silencieuse, tout en se mordant la lèvre inférieure presque au sang. Soit, son père serait bientôt de retour...

Riche ou pauvre ?

Dans les lettres qu'il avait écrites au cours de son séjour en Amérique, pas une seule fois il n'avait parlé des investissements qui devaient le rendre millionnaire. Le télégramme ne donnait pas davantage d'explications.

Un sombre pressentiment envahit la jeune fille.

« Si père rentrait fortune faite, je pense qu'il l'annoncerait avec fierté... »

Elle tenta de se raisonner.

« À moins qu'il n'ait décidé de nous faire une surprise ? »

La comtesse se leva.

— Randkine, il faut tout préparer pour le retour de milord.

— Bien sûr, milady.

— Que l'on astique l'argenterie, que l'on sorte le plus joli service en porcelaine et les meilleurs verres en cristal... Je vais aller donner des ordres aux cuisines pour que l'on prépare tous les plats qui plaisent à milord, et...

Elle porta la main à son front.

— Tant de chose à prévoir ! La tête me tourne...

Moïra tenta de la calmer.

— Mère, nous avons le temps d'ici le 27.

— Trois jours ? Mais ce n'est rien !

Randkine venait de sortir quand Ewen arriva. Son imperméable d'équitation en toile caoutchoutée était trempé et ses bottes constellées de boue.

— Quel sale temps !

Il s'approcha de la cheminée et, tout en se réchauffant les mains, adressa un coup d'œil ironique à la comtesse.

— Mère, vous ne me réprimandez pas, comme d'habitude, sous prétexte que je vais salir vos tapis ?

— Tant pis pour les tapis.

La châtelaine agita le télégramme.

— Nous venons de recevoir des nouvelles de ton père. Il sera là dans trois jours.

Ewen laissa échapper un cri de joie. Puis il saisit sa sœur par la taille et la fit tournoyer en sifflotant un air de valse.

Mais après avoir lu à son tour le télégramme, il fronça les sourcils.

— C'est tout ce qu'il dit ? Pas un mot au sujet de ses dollars ?

— Rien, laissa tomber Moïra d'un air lugubre.

— Bon, je vais voir la cuisinière, dit la comtesse avant de s'éloigner d'un pas léger. Nous allons devoir nous organiser pour fêter le retour de votre père.

Restés seuls, le frère et la sœur échangèrent un regard soucieux.

— Que penses-tu de tout cela ? demanda Ewen.

— Pas grand-chose de bien.

Le jeune homme se mit à marcher de long en large.

— Je crains le pire.

— Moi aussi. Mais à quoi bon faire part de nos craintes à maman pour le moment ? Elle est si heureuse à la perspective de revoir notre père.

Le 27 au matin, tout était prêt pour recevoir le châtelain.

— À quelle heure va-t-il arriver ? demanda la comtesse en jetant un coup d'œil dans l'allée.

On distinguait à peine la grille tant le brouillard était intense.

— S'il a pris le train de nuit jusqu'à Édimbourg, il devrait être là en fin de matinée, dit Ewen. En revanche, s'il a choisi de voyager en bateau, il peut être là à midi comme tard le soir… ou même demain.

— Le bateau est moins cher, dit Moïra.

La comtesse haussa les épaules.

— Votre père ne va pas s'arrêter à de tels détails. Il doit avoir hâte de retrouver le château et sa famille.

Le comte arriva au milieu de l'après-midi. Dès que la comtesse entendit la voiture, elle se précipita. Elle d'ordinaire si posée ressemblait à une enfant impatiente.

Moïra retint son frère qui s'apprêtait à la suivre.

— Laissons-les se retrouver sans témoins.

Quelques instants plus tard, le comte et la comtesse firent leur entrée au salon, tendrement enlacés.

Moïra courut embrasser son père, puis Ewen lui serra la main avec toute la formalité voulue. Quand il avait eu neuf ans et qu'il était sur le point de partir en pension, le comte lui avait dit avec sévérité qu'il n'était plus un petit garçon.

— Seuls les petits garçons embrassent leur père. Tu es un homme, désormais, Ewen.

L'enfant s'était redressé fièrement.

— Un homme !

Puis une larme avait coulé sur sa joue rose.

— Les hommes ne pleurent jamais ! avait lancé son père d'un ton dur.

Le voyageur portait un ensemble de voyage très simple. Pour lui, pas d'invraisemblable costume à carreaux ni de Stetson de cow-boy... Et sa première question fut celle-ci :

— La moisson a-t-elle été bonne, Ewen ?

— Excellente, père. Vous n'avez pas reçu ma lettre ?

— Non.

Le comte soupira.

— Une bonne moisson... Voilà au moins quelque chose de positif.

Moïra retint sa respiration. Cette réflexion voulait tout dire. Son frère avait immédiatement compris, lui aussi, et parut soudain accablé. Seule la comtesse, toute à la joie de retrouver son mari, n'avait rien remarqué.

— Qu'aimeriez-vous boire pour fêter votre retour à Lednock, mon ami ? Du champagne ?

— Un grand whisky. J'en ai besoin.

Dès que la comtesse sonna, le majordome fit son entrée.

— Milord, nous sommes tous très heureux de vous revoir.

— Merci, fit le comte avec une visible impatience.

— Randkine, pouvez-vous servir à milord un whisky, s'il vous plaît ? demanda la comtesse. Quant à nous, nous boirons le champagne que vous avez mis au frais.

Le comte eut un ricanement déplaisant.

— Du champagne ? Vous vivez bien.

— Il faut bien fêter votre retour, mon ami, fit la comtesse sur un ton de reproche.

— Racontez-nous ce que vous avez fait pendant tout le temps que vous avez passé en Amérique, demanda Ewen.

— Ai-je des comptes à te rendre ? grommela le comte.

— Père... déclara Ewen d'une voix étranglée.

— Je vais tout vous dire, fit le comte avec un visible agacement. Ne vous inquiétez pas, vous saurez tout ! Mais laissez-moi quand même le temps de me remettre. Je viens de faire un long voyage et je suis fatigué.

Il se tourna vers la porte qui restait close.

— Alors, ce whisky ?

— Randkine va vous l'apporter tout de suite, fit la comtesse d'un ton apaisant.

Justement, le majordome arrivait, suivi par un valet chargé d'un grand plateau.

— Et des canapés au foie gras ! s'exclama le comte. Décidément, vous ne vous privez de rien.

Stupéfaite, visiblement choquée, la comtesse balbutia :

— Mais nous... nous avions prévu tout cela en votre honneur, mon ami.

Le comte prit le verre de whisky que lui tendait Randkine et l'avala d'un trait. Ewen porta une coupe de champagne à sa mère et une autre à Moïra. Puis il leva la sienne.

— Bienvenue au château, père. Nous attendions votre retour avec impatience.

— Hum !

Comme le majordome et le valet s'étaient discrètement retirés, le châtelain se leva et se servit lui-même un second whisky. Cette fois, il remplit le verre presque à ras bord.

Après avoir bu une longue gorgée, il regarda tour à tour sa femme, puis ses deux enfants.

— Je ne saurais vous dire ma joie de retrouver Lednock. Mais c'est un homme brisé qui revient chez lui.

Il se prit la tête entre les mains.

— Chez lui ! répéta-t-il avec désespoir. Ah !

Un silence pesa soudain. Plus personne n'osait rien dire. Sauf le comte qui lança d'un ton grinçant :

— Que voulez-vous que je vous dise, hein ?

Ewen prit son courage à deux mains.

— Père, nous sommes très contents de vous voir de retour et en bonne santé. Mais… nous aimerions savoir si… si vos investissements en Amérique…

Le comte leva les yeux au ciel.

— Mes investissements en Amérique !

Il jura.

— Bon, vous voulez savoir ? Eh bien, nous n'avons plus rien. Nous sommes ruinés. Complètement ruinés.

Le choc fut tel qu'un silence de plomb régna de nouveau.

— Rui… ruinés ? balbutia enfin Ewen. Comment est-ce possible ?

— Larry Harwood n'était qu'un escroc. Il m'a promis des millions et des millions. La lune et les étoiles… Il m'a persuadé d'investir tout ce que je possédais dans une mine d'or qui n'existait même pas. Je ne sais par quel tour de passe-passe il a réussi à mettre la main sur tout ce que je possédais et s'est enfui.

Le comte termina son verre de whisky et baissa la tête d'un air accablé.

— Nous ne possédons plus rien.

— Mais… le château ? demanda Ewen.

— Il appartient désormais à une banque américaine qui ne tardera sûrement pas à venir réclamer son dû.

— Le domaine ? Les terres ? Les fermes ?

Sans oser regarder son fils, le comte déclara d'une voix presque inaudible :

— J'ai donné tout cela en gage. Et… et j'ai tout perdu.

— Ce que contient le château ? Les meubles anciens, l'argenterie, les bibelots, les tableaux de maîtres ?

— Ce n'est plus à nous.

Sonné, Ewen se laissa tomber dans un fauteuil tandis que sa mère se mettait à pleurer.

Seule Moïra parvint à réagir.

— Ils ne peuvent pas prendre notre maison ! s'exclama-t-elle en se tordant les mains.

Le comte haussa les épaules.

— Ah, ma pauvre enfant ! On voit que tu ne les connais pas. Des requins.

— Où allons-nous vivre ?

— Je n'en sais rien. Des requins, répéta-t-il. De véritables requins.

Là-dessus, il alla se servir un autre whisky. Puis il s'effondra à son tour.

— Je me suis conduit comme un idiot ! Un parfait idiot ! Me pardonnerez-vous jamais ?

3

Cette nuit-là, Moïra ne parvint pas à trouver le sommeil. Et elle était sûre que, tout comme elle, son frère et sa mère se retournaient eux aussi sans fin dans leur lit.

« Comment père a-t-il pu agir aussi inconsidérément ? » ne cessait-elle de se demander.

Dans l'espoir d'un gain hypothétique, il n'avait pas hésité à mettre en jeu le château, le domaine... Des biens qui appartenaient aux Lednock depuis des siècles !

Qu'allaient-ils devenir ?

La perspective de devoir quitter la demeure où elle était née lui faisait si mal ! Même si les hivers étaient longs en Écosse, même si ces grandes pièces au plafond trop haut étaient pratiquement impossibles à chauffer... Sa mère rêvait du jour où ils pourraient se permettre de faire installer le chauffage central, cette invention moderne. Ils avaient jusqu'à présent hésité, car pour un aussi vaste bâtiment, cela représentait une énorme dépense.

« Ah, il est bien question de cela maintenant ! »

L'aube pointait à peine quand elle se leva. Vêtue d'un peignoir en velours couleur miel, elle était en train de brosser ses longs cheveux noirs quand elle entendit un bruit de pas dans le couloir.

Elle courut ouvrir sa porte et aperçut son frère un peu plus loin.

— Ewen ?

Il se retourna.

— Bonjour, Moïra.

— As-tu réussi à dormir ?

— Non. Et toi ?

— Moi non plus, soupira la jeune fille.

Ewen haussa les épaules.

— C'était à prévoir, fit-il avec amertume. Je vais faire un tour. Tu viens avec moi ?

— Laisse-moi dix minutes, le temps de m'habiller. Je te rejoins en bas.

— Je t'attendrai dans le hall.

Moïra s'empressa d'enfiler un gros sweater en laine naturelle, une veste caoutchoutée et la jupe en velours côtelé brun qu'elle avait fait confectionner spécialement pour les longues marches hivernales dans les landes. Cette jupe lui arrivait un peu à mi-mollet, et la comtesse avait froncé les sourcils la première fois qu'elle l'avait vue ainsi vêtue.

— Ce n'est pas très correct.

— Mère, je ne peux pas me promener dans la boue ou les rochers avec une jupe m'arrivant aux chevilles. Je risquerais de tomber et de me casser une jambe.

— Soit ! Mais...

— Je me trouve très décente. Songez un peu ! J'aurais pu commander une jupe-culotte à la couturière.

— Moïra, tu n'as pas honte ?

— Pas du tout. Il paraît que c'est ainsi que s'habillent les Londoniennes à la page pour faire de la bicyclette.

— Quelle époque ! Mon Dieu, quelle époque ! Et quelle honte ! Des jupes-culottes... Jamais je n'aurais imaginé que des femmes oseraient un jour arborer une pareille tenue. Pourquoi pas un pantalon ?

— Ce serait commode, avait admis la jeune fille avec sa franche simplicité.

La comtesse avait failli s'étrangler en entendant cela.

— Moïra, je t'en prie ! Ne profère pas de pareilles énormités, même pour rire.

Après avoir noué une écharpe en laine sur sa tête, la jeune fille descendit rejoindre son frère qui faisait les cent pas dans le hall.

— Allons-y, fit-il d'un air sombre.

Elle le suivit en silence. Ils empruntèrent le chemin où ils avaient si souvent couru lorsqu'ils étaient enfants. Il montait à travers les bruyères jusqu'au sommet d'une colline d'où l'on avait une vue superbe.

Une fois arrivés en haut, ils s'arrêtèrent pour contempler le château, le loch, la mer, et tout le domaine qui s'étendait à perte de vue. Au loin, on apercevait les fermes isolées, les champs, les troupeaux de moutons qui erraient en liberté.

Ewen ouvrit les deux bras dans un geste large, un peu comme pour englober tout ce paysage.

— La reine Marie Stuart a donné en 1542 le château de Lednock au premier comte de Lednock… et cela va revenir à une banque américaine ? Mais c'est une… une…

Il chercha le mot en vain.

— Une hérésie ? suggéra Moïra.

Ewen hocha vigoureusement la tête.

— C'est cela, une hérésie.

La jeune fille se mordit la lèvre inférieure.

— Nous ne pouvons pas laisser le berceau de la famille tomber entre les mains d'étrangers, déclara-t-elle enfin avec gravité. Il faut trouver une parade.

— Tu as une idée ?

— Eh bien… nous pourrions travailler, par exemple.

Il laissa échapper un rire bref.

— Tu crois que nos salaires suffiraient à repousser les créanciers de notre père ?

Il prit une profonde inspiration avant de déclarer :

— Je ne vois qu'une seule porte de sortie.

— Laquelle ? Dis vite !

— Marions-nous.

— Nous marier ? Tu es fou ! Comment cela ? Je ne comprends pas.

— C'est pourtant évident. Tu fais un riche mariage, moi aussi, et nous sauvons le domaine.

L'image de Basil Weston s'imposa une fois de plus à Moïra. Et elle comprit qu'elle devait oublier pour toujours le séduisant jeune homme qui avait réussi à faire battre son cœur. Car Basil Weston n'avait pas de nom, pas de titre… et probablement pas de fortune non plus.

— Nous… nous marier ? répéta-t-elle.

— J'ai bien réfléchi et je n'ai pas trouvé d'autre solution.

Une larme roula sur la joue de la jeune fille.

— Moi qui avais toujours rêvé de faire un mariage d'amour…

— Moi aussi.

Ewen soupira.

— Mais nous devons nous sacrifier pour le domaine. Et qui sait ? Avec un peu de chance, peut-être tomberas-tu amoureuse d'un homme fortuné ? Et moi d'une débutante richement dotée ?

— Ce serait trop beau.

— On peut toujours rêver…

La jeune fille s'essuya les yeux.

— Oh, Ewen ! Tu es si raisonnable.

Le visage de son frère durcit.

— Il faut bien l'être…

À mi-voix, comme pour lui-même, il ajouta :

— … quand on a un père aussi déraisonnable.

— Où penses-tu trouver une héritière ? L'année dernière, quand tu es allé à Édimbourg, tu es revenu très déçu.

— C'est la vérité. Toutes les jolies filles étaient déjà fiancées ou mariées. Il ne restait que des laiderons...

— Des laiderons riches ?

— Peuh, même pas ! Il nous faut donc aller plus loin qu'Édimbourg.

— Où ?

— À Londres.

Moïra sursauta.

— Londres ? Ce n'est pas possible ! Nous n'avons pas d'argent. Et où logerons-nous ?

— Chez lord et lady Cunningham. Ils nous invitent depuis si longtemps ! Et ils nous doivent bien cela. Après tout, c'est eux qui nous ont envoyé Larry Harwood. Par conséquent, ils sont en partie responsables de notre ruine.

— Indirectement.

— Indirectement, je veux bien te l'accorder. N'empêche que, sans eux, nous n'aurions pas tous ces problèmes maintenant.

La brume se dissipait sur le loch, et un faible rayon de soleil éclaira le paysage.

Le regard d'Ewen s'évada vers l'horizon.

— Les Cunningham ont énormément de relations, fit-il d'un ton neutre. Grâce à eux, nous pourrons peut-être réussir de beaux mariages.

La jeune fille frissonna.

— C'est horrible de parler ainsi.

— Dans notre situation, crois-tu que nous pouvons nous permettre de nous montrer difficiles ?

— Il... il faut que je réfléchisse.

Ewen l'examina pensivement.

— Crois-tu en avoir le temps, ma petite sœur ? Non, hélas ! Il faut agir vite. Très vite.

Le cœur lourd, Moïra regagna le château en compagnie de son frère. La comtesse, qui les guettait, courut à leur rencontre. Elle paraissait affolée.

— Où étiez-vous passés, mes enfants ?

— Nous sommes allés marcher un peu.

— Je vous cherchais partout.

— Que se passe-t-il, mère ?

— Votre père refuse de se lever.

— Est-il souffrant ?

— Je n'en sais rien. Je ne le pense pas.

La comtesse baissa la tête.

— Il est juste... désespéré.

Elle se tourna vers son fils.

— Ewen, monte lui parler. Tu réussiras peut-être à lui faire entendre raison.

— Je vais essayer, mère, soupira le jeune homme en se dirigeant vers le grand escalier d'honneur.

Mais le comte de Lednock refusa catégoriquement de sortir de son lit. Et une semaine plus tard, les choses en étaient toujours au même point.

Le châtelain s'alimentait à peine et ne voulait voir personne.

— On dirait qu'il se laisse mourir, dit Moïra à son frère. C'est si triste !

— C'est triste... soit ! Mais toute la responsabilité de ce désastre lui incombe. Il s'en veut d'avoir pris une décision stupide et de s'être laissé dépouiller par un escroc comme Harwood.

— La seule perspective de voir le château tomber entre des mains étrangères le tue à petit feu, dit Moïra.

Furieux, Ewen riposta :

— Et moi, tu crois que cette perspective ne me désespère pas ?

Soudain, il jura entre ses dents.

— Quand je pense que je ne pourrai plus me promener le long du loch, ni galoper à travers les landes ni monter tout en haut de la grosse tour, je deviens fou de rage.

— Sois compréhensif.

— Compréhensif ? Et quoi encore ?

— Ewen…

— Écoute, bêtement, il a joué et perdu mon héritage, tout comme mon avenir. Et tu voudrais que je me montre compréhensif ?

Au prix d'un visible effort, il réussit à se dominer.

— Il faut agir, déclara-t-il avec gravité.

— Comment ?

— Tu le sais parfaitement. Dès maintenant, je vais m'occuper de notre voyage.

Moïra frissonna.

— J'ai l'impression d'être un agneau que l'on mène à l'abattoir. Épouser pour son argent un homme que je trouverai peut-être horriblement antipathique ? Oh, Ewen ! Comment le pourrais-je ?

Dans un sanglot, elle ajouta :

— Moi qui ai tant rêvé d'amour !

Et, encore une fois, l'image de Basil Weston s'imposa à elle.

— Tu crois que l'idée de faire la cour à une fille laide et stupide m'enchante ? lança Ewen en serrant les poings. Non ! Mais nécessité fait loi.

En début d'après-midi, une voiture aux allures funèbres s'arrêta devant le perron du château de Lednock. Un homme tout de noir vêtu en descendit. Il portait sous le bras plusieurs épais dossiers d'un rouge éclatant.

Moïra et Ewen, qui étaient allés jeter un coup d'œil à la fenêtre, échangèrent un regard désolé.

— Serait-ce déjà un créancier ? interrogea la jeune fille à mi-voix.

— Probablement, fit Ewen d'un air sombre.

Quelques instants plus tard, Randkine vint annoncer :

— Maître Clooney, milady.

Moïra ne s'était hélas pas trompée ! C'était bien un avocat qui se trouvait là : il représentait en Angleterre la banque américaine ayant acquis le château.

Après avoir expliqué qui il était, il tendit à la comtesse l'un des dossiers écarlates.

— Milady, il va vous falloir remplir ces imprimés avec le plus grand soin.

— De quoi s'agit-il, s'il vous plaît ?

— Nous avons besoin que vous fassiez l'inventaire complet de tout le mobilier et des œuvres d'art qui se trouvent au château.

Ewen bondit.

— Quoi ? Vous voulez savoir aussi combien de paires de bottes j'ai dans mes armoires et…

— Du calme, Ewen, fit la comtesse d'une voix lasse. Il n'est pas question du contenu de ta garde-robe et tu le sais parfaitement.

L'avocat ne s'attarda pas.

— Je reviendrai dans un mois chercher cet inventaire.

— Un mois ? s'écria Ewen. Ce ne sera pas suffisant pour mener à bien un tel inventaire – si du moins vous tenez à ce qu'il soit correctement fait. Savez-vous combien le château comporte de pièces ? Près de soixante !

Maître Clooney hésita.

— Un mois et demi ?

— Deux mois au minimum. Et trois seraient encore mieux, déclara Ewen, qui cherchait surtout à gagner du temps.

— Disons deux mois et demi. Mais pas davantage.

Après son départ, la comtesse éclata en sanglots convulsifs.

Le soir même, Ewen mit sa mère au courant de leur intention de se rendre à Londres.

— Pourquoi ? demanda-t-elle, éplorée.

— Parce que c'est le moment : la saison bat son plein.

— Mais… mais seriez-vous devenus fous, mes enfants ? Quoi, vous voulez aller danser, vous amuser ? Alors que nous nous trouvons dans une situation dramatique ? Ne comprenez-vous pas que j'ai besoin de vous plus que jamais en ce moment ?

Elle joignit les mains.

— Je vous en supplie, ne me quittez pas !

— Mère, ne vous méprenez pas. Ce n'est certainement pas pour nous amuser que nous avons décidé de partir. Ce voyage n'a qu'un seul but : sauver le château.

— Et comment, s'il te plaît ?

Ewen hésita. Puis, avec un sourire crispé, il déclara :

— Faites-nous confiance, mère. Nous avons une idée, Moïra et moi… Avec un peu de chance, tout s'arrangera très vite.

— Puissiez-vous dire vrai, murmura la comtesse. Quoique je ne croie guère à un miracle.

Elle se laissa tomber dans un fauteuil près de la cheminée.

— Londres ! Mon Dieu ! Avez-vous seulement la moindre idée de l'endroit où vous séjournerez ?

— Chez les Cunningham. Ils sont venus très souvent à Lednock. Et combien de fois ne nous ont-ils pas invités à aller chez eux ? Je vais leur envoyer un télégramme pour leur demander s'ils acceptent de nous recevoir.

La comtesse hocha la tête.

— Si vous logez chez les Cunningham, je me sentirai un peu plus rassurée.

Ewen prit la main de la comtesse et la baisa.

— Nous ne sommes plus des enfants, mère.

— Toi non... Et tu es un homme, c'est différent. Mais Moïra est encore si jeune ! J'aimerais mieux qu'elle reste ici. Pourquoi ne te rendrais-tu pas à Londres tout seul ?

Ewen secoua négativement la tête.

— Mon plan ne peut réussir que si nous partons tous les deux.

— Pourquoi ne m'expliques-tu pas en quoi consiste ce fameux plan ?

De nouveau, le jeune homme baisa la main de la comtesse.

— Faites-nous confiance, mère, répéta-t-il.

Moïra commença à remplir sa malle sans aide. Il ne restait plus au château que deux femmes de chambre et celles-ci avaient suffisamment à faire sans qu'elle les surcharge de travail supplémentaire.

Au fur et à mesure qu'elle les pliait entre des feuilles de papier de soie, elle examinait ses robes sans beaucoup de complaisance. Aucune ne trouvait grâce à ses yeux. Ni celle en mousseline abricot, ni celle en soie bleu pâle, ni celle en satin ivoire, ni...

« Je suis sûre qu'elles sont démodées. À côté de toutes les débutantes en toilettes de Paris, j'aurai l'air d'une vraie provinciale. »

Mais il ne lui fallait pas compter dévaliser les boutiques de Bond Street ! Même pas pour une paire de gants ou un mouchoir…

« Personne ne m'adressera un seul coup d'œil. Jamais je ne trouverai de mari… »

Cette perspective lui donna un peu de baume au cœur. Car elle ne souhaitait nullement épouser le premier venu sous prétexte qu'il avait un compte en banque bien garni.

« Le seul qui comptera jamais pour moi ? Basil Weston. »

Toute sa vie, elle se souviendrait du trop bref baiser qu'ils avaient échangé…

Elle ferma les yeux. Que ne donnerait-elle pas pour se trouver de nouveau dans ses bras. Pour lui tendre ses lèvres. Pour oublier l'épreuve qui l'attendait… Une épreuve qui, si un homme suffisamment riche la demandait en mariage, durerait probablement toute sa vie.

« Pourquoi dois-je me sacrifier pour un château et quelques milliers d'hectares de landes ? » se demanda-t-elle avec désespoir.

Ce matin-là, comme à l'ordinaire, la comtesse se trouvait au chevet de son mari, qui refusait toujours de quitter la chambre. Il fallait lui monter tous ses repas auxquels il touchait à peine. Il passait ses journées allongé, en contemplant le mur ou les plafonds d'un air morne.

— J'ai tout organisé, annonça Ewen à sa sœur. Nous partirons demain matin de bonne heure pour le port de Dundee, où nous embarquerons à bord d'un bateau qui fait la navette entre l'Écosse et Londres.

Moïra sursauta.

— Nous allons voyager par mer ? s'écria-t-elle, horrifiée. Nous ne prendrons pas le train ?

— Le voyage sera beaucoup plus agréable sur l'eau. Et, surtout, infiniment moins cher ! Le capitaine de ce bateau, qui est l'un de mes amis, m'a offert deux confortables cabines.

— Offert ?

— Mais oui.

Moïra n'osa plus rien dire. Étant donné leur situation financière désastreuse, toute économie semblait bonne à prendre.

— Une fois arrivés à Londres, poursuivit Ewen, il ne nous restera plus qu'à prendre un fiacre pour aller chez les Cunningham, qui nous attendent avec impatience.

Ewen se frotta les mains d'un air satisfait.

— Nous arriverons au moment où la saison bat son plein. Il ne nous restera plus qu'à sélectionner nos proies...

— Je t'en supplie, ne parle pas ainsi ! s'exclama la jeune fille en frissonnant. Tu sais, tout cela représente une telle épreuve pour moi...

— Et pour moi, donc ? S'il y a une chose que je déteste, c'est bien danser ou faire le joli cœur. Ah, donnez-moi un bon galop à travers les landes, une belle partie de chasse...

Il soupira.

— Mais nous devons faire tout ce que nous pouvons pour garder le château.

Moïra baissa la tête.

— Je le sais bien, fit-elle, au bord des larmes.

Un fol espoir la souleva soudain. Et si l'ami de son frère, le capitaine de ce bateau, n'était autre que Basil Weston ?

— Tu as donc un ami capitaine ?

— J'ai beaucoup d'amis. Kelpie et moi étions étudiants ensemble à l'université d'Édimbourg.

Kelpie… Pas Basil, hélas !

Feignant de s'intéresser à leur voyage, elle demanda :

— Quel genre de bateau est-ce ? Un voilier ?

— Non. Il s'agit d'un cargo de taille moyenne : le *Bornéo*. Un bâtiment très moderne, paraît-il.

— Tu l'as vu ?

— Pas encore. Mais Kelpie m'en a parlé avec beaucoup d'enthousiasme. Son bateau représente énormément pour lui. Il n'est jamais aussi heureux qu'en mer et il a trouvé le moyen de gagner sa vie tout en faisant ce qu'il aime. Il transporte aussi bien des planches que des cageots de légumes, des machines, des animaux ou des passagers.

Moïra fit la grimace.

— Faudra-t-il que je partage ma couchette avec quelques moutons ?

Ewen éclata de rire.

— Peut-être… Mais je ne pense pas que les bêtes à quatre pattes voyagent sur le même pont que les bêtes à deux pattes.

— Des bêtes à deux pattes ! répéta Moïra, choquée. Vraiment, tu exagères.

Ewen se remit à rire. Il paraissait de très bonne humeur à la perspective de quitter l'ambiance déprimante du château.

Moïra monta terminer ses bagages. Sa mère lui avait prêté ses perles et ses diamants. Elle ouvrit les écrins et admira une fois de plus ces deux rangs de perles parfaites à l'éclat laiteux et cette superbe parure en diamants composée d'un collier, d'un bracelet et de boucles d'oreilles.

« Ces bijoux feront peut-être oublier mes robes démodées », pensa-t-elle.

Malgré tout, elle ne se faisait guère d'illusions. À côté de toutes les élégantes Londoniennes pleines d'esprit, elle aurait l'air d'une provinciale lourdaude et mal attifée.

« Aucun homme ne s'intéressera à moi. »

En réalité, elle préférait cela, tant la perspective de faire un mariage intéressé la remplissait d'horreur.

« C'est trop injuste, quand j'en aime un autre. »

Un autre qu'elle ne reverrait probablement jamais.

Le lendemain, à sept heures du matin, la comtesse vint frapper à la porte de sa fille.

— Oh, tu es déjà debout, Moïra ?

— Oui, mère. Ewen veut partir dès que le jour se lèvera.

— À cette époque, il se lève de plus en plus tard. Ton père a demandé que tu ailles le voir avant ton départ.

— Il sait qu'Ewen et moi nous rendons à Londres ?

— Oui.

— Comment a-t-il pris cela ?

— Il n'a manifesté aucune réaction. Mais ton père n'a jamais été un homme très démonstratif. Et en ce moment, tout ce qu'on lui dit semble glisser sur lui sans qu'il y prête la moindre attention.

— Il a cependant compris que nous partions.

— Apparemment...

Après un silence, la comtesse reprit d'un ton grave :

— Puis-je te demander de me faire une promesse ?

— Mais... volontiers. Si du moins je peux la tenir.

— Certainement. Je voudrais que tu ne parles à personne des difficultés dans lesquelles nous nous débattons actuellement. Ewen m'a déjà assuré qu'il n'en dirait rien.

— Vous n'aviez même pas besoin de me demander cela, mère. Jamais je ne toucherai mot à qui que ce soit de nos problèmes.

— Si l'on apprenait combien ton père a agi inconsidérément, nous deviendrions la risée de tout le monde.

— Je pense plutôt que les gens nous plaindraient.

— On voit que tu ne connais pas la société. Les commérages vont bon train et si cette histoire se savait, on compatirait par-devant, certes. Mais par-derrière, on se moquerait de nous. Et tes chances de faire un jour un beau mariage se trouveraient irrémédiablement compromises.

La jeune fille se sentit rougir.

« Pauvre mère ! Si elle savait ce qu'Ewen et moi complotons ! »

Elle s'éclaircit la voix.

— J'ai bien le temps de songer à cela.

Sa mère lui caressa tendrement les cheveux.

— Tâche de ne pas trop penser à nos tracas, cela gâcherait ton séjour. Ewen et toi partez avec ma bénédiction.

En soupirant, elle enchaîna :

— Je crains fort que ce ne soit la dernière occasion que tu aies de t'amuser avant longtemps, ma chère enfant. Il faut en profiter.

Moïra éclata brusquement en sanglots. Et quand sa mère la prit dans ses bras, elle laissa libre cours à ses larmes. Dans sa blouse amidonnée à col haut, la comtesse sentait bon la lavande et la bruyère. Une odeur d'enfance... Les pleurs de la jeune fille redoublèrent, tandis que sa mère la berçait comme une enfant.

— Voyons, Moïra ! Pourquoi pleures-tu ? Sois raisonnable... Tu as de nombreuses raisons de te réjouir au lieu de te lamenter. Tu vas faire un beau voyage, tu seras invitée partout, tu vas danser... et oublier des soucis qui ne sont pas de ton âge.

La jeune fille s'essuya les yeux.

— Ex... excusez-moi, mère.

— Va vite voir ton père. Et ne pleure pas devant lui !

Moïra réussit à sourire.

— Oh, non ! Je... je ne sais pas ce qui m'a pris.

Quelques minutes plus tard, elle frappait à la porte de la chambre du châtelain. C'était la première fois qu'elle le revoyait depuis son retour. Il n'avait voulu aucune visite, à l'exception de celles de sa femme.

— Qui est là ? demanda-t-il d'une voix faible.

— Moïra, père.

— Entre.

La jeune fille s'approcha du lit sur la pointe des pieds. Son cœur se serra quand elle vit le visage amaigri de son père.

Le comte avait vieilli de dix ans et semblait en bien mauvaise santé. Pourtant, il ne souffrait d'aucun mal spécifique. Seul le désespoir le minait.

Moïra s'efforça de ne pas montrer son émotion et de parler avec naturel.

— Père, je suis venue vous faire mes adieux.

On frappa de nouveau à la porte.

— Père ? C'est Ewen.

— Entre. Toi aussi, tu es venu me faire tes adieux ?

— Oui, père. Je vais essayer de... de trouver des solutions.

Le comte haussa les épaules.

— Il n'en existe pas. Nous sommes perdus.

— Je ne désespère pas. Et à mon retour, peut-être serai-je porteur de bonnes nouvelles ?

— Je me demande par quel miracle tu pourrais nous sortir de là ! fit le comte avec amertume.

Il prit une profonde inspiration avant de déclarer d'une voix presque inaudible :

— Votre mère souhaite que je vous donne ma bénédiction. Vous l'avez.

Moïra se pencha vers lui et l'embrassa sur la joue, tandis qu'il agrippait la main d'Ewen.

— Reviens vite, mon fils.

Pour Moïra, qui n'était jamais allée plus loin qu'Édimbourg, ce voyage jusqu'à Londres représentait une incroyable aventure.

Avant de monter en voiture, elle jeta un dernier coup d'œil au château dont les tours crénelées se distinguaient dans une brume grisâtre. Debout sur le perron, la comtesse agitait un mouchoir. De nouveau, les larmes vinrent aux yeux de la jeune fille.

Le cocher retenait les quatre solides chevaux attelés à cette berline de voyage ayant connu des jours meilleurs.

Moïra gravit le marchepied et agita à son tour un mouchoir.

— En route, Peter ! lança Ewen à l'intention du cocher.

Il rejoignit sa sœur à l'intérieur de la berline, se pencha à la portière et, après avoir envoyé à sa mère un baiser du bout des doigts, contempla le château.

— Lorsque nous reviendrons, nous aurons les moyens de sauver Lednock, fit-il entre ses dents serrées.

Moïra soupira.

— Ne rêve pas trop.

— Il faut partir avec l'esprit d'un vainqueur, pas d'un vaincu. Sinon, à quoi bon ?

La jeune fille demeura silencieuse.

— Les Cunningham ont l'intention d'organiser au moins une réception en notre honneur et de nous emmener dans tous les salons qui comptent, reprit

Ewen. Un futur comte écossais et sa sœur… Nous allons faire sensation.

— Tu veux rire ?

— Ce que tu peux être défaitiste ! Je te dis que nous ferons sensation, et tu dois me croire.

Moïra laissa échapper un rire sans joie.

— Il va falloir que tu te montres un peu plus aimable si tu veux séduire une jolie héritière. Tu es parfois d'un abord un peu… un peu rugueux. Les débutantes sont habituées à être traitées avec beaucoup d'égards. Les manières londoniennes ne sont pas celles de notre rude Écosse.

— Je ne suis pas un homme des cavernes, quand même !

— Tu n'aimes pas flirter ni parler pour ne rien dire.

— Je ferai un effort, soupira-t-il.

— Tu danseras ?

— Il le faudra bien, fit-il sans enthousiasme.

Comme le cocher tenait à ménager ses chevaux, ils n'arrivèrent qu'en fin d'après-midi à Dundee. Moïra fut fascinée par le port, que dominaient les énormes baleiniers. Ensuite venaient les morutiers, puis une flottille composée de steamers et de voiliers de toutes les tailles.

Dès que la berline s'arrêta sur l'un des quais, Ewen sauta à terre. Il oublia de tendre la main à sa sœur qui le rejoignit.

— Je me passe très bien d'aide, lui dit-elle d'un ton acide. Mais permets-moi de te faire remarquer qu'un monsieur bien élevé est censé tendre la main à une femme pour l'aider à descendre de voiture.

— Je t'ai toujours traitée plus comme mon frère que comme ma sœur, grommela Ewen. Tu veux que j'y mette les formes, maintenant ?

Elle laissa échapper un rire léger.

— Non. Mais n'oublie pas tes bonnes manières quand tu auras la chance de te trouver en compagnie d'une riche héritière.

— Ne t'inquiète pas pour cela. Tu verras ! Je me comporterai comme un vrai dandy.

La jeune fille mit sa main en visière au-dessus de ses yeux.

— Où est le *Bornéo* ? demanda-t-elle à son frère.

— Je le cherche...

Il laissa échapper une exclamation joyeuse.

— Là-bas ! Vois. Ce cargo en métal...

Moïra s'efforça de ne pas montrer sa déception. À côté des trois-mâts, des goélettes, ou encore des clippers aux lignes élégantes, le *Bornéo* avait l'air d'un crapaud trapu.

— Je vais demander à Peter de nous conduire là-bas.

Il indiqua le cargo au cocher et revint s'installer à côté de sa sœur.

— Jusqu'à présent, tout se passe bien, dit-il avec satisfaction.

— Nous n'en sommes qu'au début du voyage.

La voiture ne tarda pas à s'arrêter devant le gros bateau en métal dont les moteurs ronronnaient.

— Nous allons partir ce soir ? s'étonna Moïra.

— Non, l'appareillage n'est pas prévu avant demain matin. Mais il faut bien que Kelpie vérifie l'état de ses moteurs avant le voyage.

Deux marins descendirent et se chargèrent des bagages des voyageurs.

— Vous pouvez disposer, Peter, dit Ewen au cocher.

— Bien, monsieur Ewen.

— Vous savez où aller ?

— Ne vous inquiétez pas pour cela, monsieur Ewen. Je connais une petite auberge tenue par une cousine de ma femme. J'y serai reçu à bras ouverts et les chevaux seront bien soignés. Ils se reposeront et seront fin prêts pour reprendre la route demain matin.

— Parfait.

Ewen ouvrit son portefeuille et tendit deux billets au cocher.

— Voilà de quoi payer votre nuit.

— Merci, monsieur Ewen. Remarquez, je suis sûr qu'on me fera une grosse réduction.

— Dans ce cas, vous garderez la différence pour vous.

— Merci, monsieur Ewen, répéta le cocher.

Il toucha le rebord de son chapeau.

— Bon voyage, monsieur Ewen ! Bon voyage, mademoiselle Moïra.

— Bon retour, Peter.

Le frère et la sœur suivirent des yeux la voiture qui s'éloignait.

— Tu lui as donné beaucoup d'argent, ne put s'empêcher de remarquer Moïra.

— Je ne pouvais pas faire moins.

La jeune fille préféra ne pas discuter davantage.

« Ewen continue à jouer au grand seigneur. Pourtant, dans notre situation... »

Comme l'avenir lui paraissait sombre !

Les voilà qui partaient tous les deux pour Londres, en espérant, chacun de son côté, faire le riche mariage qui leur permettrait de repousser les créanciers de leur père.

N'était-ce pas un peu naïf ?

Elle laissa échapper un petit soupir avant de suivre son frère sur l'étroite passerelle du *Bornéo*. Un coup de vent fit tomber son chapeau.

Ewen se lança à la poursuite du couvre-chef qui, comme animé d'une vie propre, bondissait sur le pont. Une seconde rafale défit le chignon de Moïra dont les longs cheveux noirs se mirent à voler en tous sens.

Ewen revint avec le chapeau et éclata de rire.

— Tu as l'air d'une sirène !

— Les sirènes sont blondes, rétorqua-t-elle en s'efforçant de mettre un peu d'ordre dans sa chevelure – sans grand résultat.

— Pas forcément.

— Qu'en sais-tu ?

Ewen ne l'écoutait plus.

— Kelpie ! s'écria-t-il joyeusement.

Moïra se retourna à son tour et de longues mèches sombres se plaquèrent sur son visage. Elle les rejeta en arrière avec agacement.

« Je dois avoir l'air d'une folle ! se dit-elle, furieuse contre elle-même. Sans chapeau, les cheveux défaits… Que va penser ce Kelpie de moi ? »

Lorsqu'elle réussit enfin à dégager ses yeux, elle laissa échapper une exclamation de stupeur.

Kelpie ?

L'homme souriant qui se tenait devant elle n'était autre que Basil Weston.

4

Moïra demeurait sidérée, tandis que son cœur battait à grands coups précipités. Par quel miracle Basil Weston se trouvait-il à bord du *Bornéo* ?

Les deux amis se serrèrent chaleureusement la main. Puis Ewen demanda à Basil :

— Tout est prêt, Kelpie ? Je crois que tu connais déjà ma sœur, non ? Tu l'avais vue à Lednock. Il me semble même me souvenir que vous aviez dansé ensemble.

Basil esquissa un léger sourire.

— Oui, nous avons dansé ensemble, déclara-t-il d'une voix à la fois rauque et veloutée.

Une voix qui donna des frissons à la jeune fille.

Elle prit une profonde inspiration. Il fallait absolument qu'elle trouve quelque chose d'intelligent à dire, sinon Basil Weston allait penser qu'elle était un peu demeurée.

— Kel… Kelpie ? balbutia-t-elle. Je ne comprends pas.

Il sourit de nouveau.

— Quand ma petite sœur avait deux ou trois ans, elle m'a appelé ainsi. Ce surnom m'est resté.

Et avec bonne humeur, il ajouta :

— Je préfère peut-être Kelpie à Basil.

Moïra, quant à elle, aimait mieux Basil. N'était-ce pas sous ce prénom qu'elle avait rêvé à lui au cours de tous ces derniers mois ?

Le cœur battant à tout rompre, elle l'examina entre ses cils baissés.

Ses cheveux étaient un peu plus courts que lorsqu'elle l'avait vu pour la première fois. Certes, il était toujours aussi beau… Malgré tout, elle trouvait dommage qu'il ait coupé sa longue chevelure de chevalier moyenâgeux.

— Je vais vous montrer vos cabines, dit-il.

Il les emmena vers une coursive, ouvrit une première porte.

— Voici la tienne, Ewen.

— Merci.

Basil ouvrit la porte voisine.

— Et voici la vôtre, mademoiselle.

La jeune fille pénétra dans une petite pièce qui lui parut très confortable. Elle vit des meubles intégrés en acajou verni, une couchette recouverte de reps couleur vieil or et un minuscule bureau sous un hublot.

— Je serai très bien là, assura-t-elle. Merci beaucoup.

Basil indiqua une porte à côté de celle du placard.

— Vous trouverez ici un minuscule cabinet de toilette. Si vous avez besoin de quoi que ce soit, n'hésitez surtout pas à me le demander, mademoiselle.

— Merci, répéta-t-elle. Mais je vous en prie, appelez-moi Moïra, cela me ferait plaisir.

— Très volontiers. À condition, toutefois, que je devienne Kelpie pour vous.

— Kelpie… ou Basil ? interrogea-t-elle, presque timidement.

Il se pencha vers elle et, l'espace d'un instant, elle crut qu'il allait l'embrasser. Au lieu de cela, il se contenta de déclarer très bas :

— Basil ou Kelpie. À votre guise, jolie Moïra.

Elle n'eut pas besoin de réfléchir.

— Ce sera Basil… si du moins cela ne vous ennuie pas.

Leurs yeux se rencontrèrent et, de nouveau, la jeune fille sentit son cœur s'emballer.

— Je vais aller voir si Ewen a tout ce qu'il lui faut, dit le jeune capitaine du cargo. Puis, si cela vous intéresse, je vous ferai visiter le *Bornéo*.

— J'en serais ravie.

— Dans ce cas, une fois que vous serez installée, venez me retrouver sur le pont.

— Merci beaucoup. Merci pour tout, ajouta-t-elle impulsivement.

Il s'inclina légèrement.

— Je vous en prie, ne me remerciez pas. Tout le plaisir est pour moi. Si vous saviez combien je suis heureux d'avoir la possibilité de vous rendre un petit service.

Sur ces mots, il sortit, la laissant explorer sa cabine.

Les marins y avaient déjà apporté sa malle, mais elle n'avait pas l'intention de la défaire maintenant. Elle se contenta de se rendre dans le petit cabinet de toilette pour se recoiffer.

« Je vais tresser mes cheveux et les nouer en chignon, décida-t-elle. Ainsi, ils ne pourront plus s'envoler ! »

Ses grands yeux verts étincelaient dans son visage rosi.

« Comme je suis contente ! pensa-t-elle. Moi qui m'imaginais ne jamais avoir l'occasion de revoir Basil… Quelle merveilleuse surprise ! »

Mais elle ne devait pas trop rêver. Car si Basil était obligé de travailler pour gagner sa vie, jamais il ne pourrait les aider financièrement.

Soudain, la jeune fille se révolta.

« Pourquoi dois-je taire mon amour ? Pourquoi devrais-je me sacrifier parce que mon père a agi inconsidérément ? C'est trop cruel, c'est trop injuste ! »

D'un geste brusque, elle lança son chapeau sur sa couchette. De toute manière, mieux valait sortir tête nue si elle ne voulait pas le voir de nouveau s'envoler... et tomber à l'eau.

« Si je disais à Ewen que je dois m'acheter un chapeau neuf, il pousserait de hauts cris, pensa-t-elle avec autant d'ironie que d'amertume. Il se montre généreux envers les domestiques, mais sa propre sœur ne doit pas compter sur ses largesses. »

Accoudé au bastingage, Basil observait l'activité du port tout en attendant la jeune fille.

Averti par un sixième sens, il se retourna dès qu'elle apparut.

— Charmante... murmura-t-il. Comme toujours.

Elle se sentit rougir et n'osa pas le remercier pour ce compliment auquel elle ne s'attendait pas. Déjà, Basil s'était repris. Et lorsqu'il reprit la parole pour lui parler des performances du *Bornéo*, ce fut d'une voix neutre.

Moïra se sentit très déçue.

« J'ai l'impression qu'il ne me prend pas vraiment au sérieux. Il me considère comme la petite sœur d'Ewen. Une sorte de jeune pensionnaire qui a besoin de parfaire son instruction. »

Il l'emmena tout d'abord visiter un salon relativement vaste, dont le confort l'étonna. Une salle à manger y faisait suite.

— Je ne pensais pas que l'on pouvait vivre dans de telles conditions à bord d'un cargo, dit-elle un peu naïvement.

— L'époque où l'on embarquait dans des conditions plus que spartiates est bien révolue. Avez-vous eu l'occasion de voyager à bord de grands paquebots ?

— Non, répondit-elle avec franchise. Je n'ai jamais fait que des promenades en barque sur le loch.

En riant, elle ajouta :

— Cela ne peut pas se comparer ! Tout ce que j'espère, maintenant, c'est ne pas avoir le mal de mer.

— Si le vent ne tombe pas pendant la nuit, le *Bornéo* risque de tanguer et de rouler lorsque nous sortirons du port, demain matin. Soyez prévenue.

— Bah, nous verrons bien !

Basil l'emmena ensuite dans les entrailles du bateau. Il lui fit visiter la cuisine où régnait un maître-coq à l'allure revêche, avant de l'entraîner dans la salle des moteurs.

— Attendez-vous d'autres passagers ? lui demanda la jeune fille.

— Non. Trois personnes ont dû annuler leur voyage pour cause de grippe. Mais lorsque je reviendrai de Londres, mes dix cabines devraient être occupées. En revanche, je ne manque pas de fret ! Venez voir les cales.

Des caisses soigneusement arrimées s'empilaient les unes sur les autres. À côté s'entassaient d'énormes rouleaux.

— Que transportez-vous ?

— Cette fois, surtout du jute et des pièces détachées mécaniques qui ont été fabriquées dans les usines des alentours de Dundee.

Moïra n'écoutait que d'une oreille. Pourtant les explications de Basil étaient fort intéressantes. Mais elle ne se lassait pas de contempler son beau profil, son nez légèrement aquilin, son front haut, ses cheveux clairs, décolorés par le soleil…

Oui, il avait l'air d'un chevalier moyenâgeux… et d'un pirate, en même temps.

« Je le connais à peine… mais je l'aime, pensa-t-elle. Oh, comme je l'aime ! »

Lorsque Basil lui sourit, elle eut alors l'étrange impression qu'il devinait toutes ses pensées et devint cramoisie.

Lorsqu'ils retournèrent au salon et s'assirent dans les confortables fauteuils, la jeune fille remarqua :

— On se croirait dans une maison.

Basil laissa échapper un rire sans joie.

— Je considère le *Bornéo* comme mon véritable foyer. Certes, je possède une vaste demeure ancienne dans les environs de Perth.

— L'ancienne capitale de l'Écosse...

— Perth a perdu ce titre au profit d'Édimbourg il y a bien longtemps, au XVe siècle. Pour en revenir à ma maison, elle est en très mauvais état et je n'ai malheureusement pas le premier sou pour entreprendre les travaux de restauration nécessaires.

Moïra se sentit très déprimée en entendant cela. Ainsi, Basil ne possédait aucune fortune... À vrai dire, elle s'en doutait déjà un peu. S'il était riche et aimait la navigation, il aurait un yacht et voyagerait sur des mers lointaines au lieu de faire sans fin la navette entre Londres et Dundee à bord d'un cargo chargé de passagers, de pièces détachées ou de moutons...

« C'est trop injuste, se redit-elle. Même si Basil ne possédait pas un penny, je serais heureuse de passer le reste de ma vie avec lui. Et voilà que je suis obligée de faire un mariage d'argent ! »

Elle tenta de se raisonner. Pourquoi laissait-elle son esprit battre ainsi la campagne ? C'était d'autant plus ridicule que Basil Weston ne lui faisait même pas la cour. Il la traitait comme une passagère de marque, la sœur de l'un de ses amis. Cela n'allait pas plus loin que cela.

Et elle aurait bien tort de prendre au sérieux le fait qu'il lui ait effleuré les lèvres d'un petit baiser de rien du tout, à la fin d'une valse tourbillonnante.

Le lendemain matin, ce fut une légère trépidation qui réveilla Moïra. Elle regarda autour d'elle avec stupeur, étonnée de ne pas reconnaître le décor familier de sa chambre. La mémoire lui revint bien vite, et son cœur fit un petit bond dans sa poitrine.

« Je suis à bord du *Bornéo*, le bateau de Basil… Et l'on vient de mettre les moteurs en route. »

Elle s'empressa de se préparer et arriva sur le pont juste au moment où deux marins larguaient les amarres, tandis qu'un troisième remontait la passerelle.

Lentement, le cargo s'écarta du quai. Les marins sautèrent à bord avec une étonnante agilité. Plus loin, d'autres cargos se mettaient lentement en route vers la haute mer, au milieu d'une flottille de petits bateaux de pêche.

Ewen vint la rejoindre.

— As-tu bien dormi, Moïra ?

— Très bien, merci. Et toi ?

— Comme un loir. Nous avons de la chance : le vent ne souffle plus en rafales comme la veille. Par conséquent, la mer ne devrait pas être trop agitée.

— Espérons-le. Je m'en voudrais d'être malade. Ce serait trop dommage de ne pas pouvoir profiter de ce voyage…

« … et surtout de la compagnie de Basil », ajouta-t-elle intérieurement.

— As-tu envie de prendre ton petit déjeuner ? demanda Ewen.

— Oui, je meurs de faim.

Il éclata de rire.

— Cela signifie que tu n'as pas encore le mal de mer.

— Ce serait surprenant. Nous traversons le port, l'eau est aussi calme que celle d'un lac.

Elle jeta un coup d'œil plein d'appréhension en direction du large.

— Cela risque d'être différent tout à l'heure…

— Tiens, voilà Kelpie ! s'exclama Ewen.

Dans son blazer bleu marine bien coupé, Basil parut à Moïra plus beau, plus séduisant que jamais. Avec ses cheveux qui volaient dans le vent, il semblait faire partie des éléments.

Après avoir salué le frère et la sœur, il déclara :

— Je pensais effectuer le voyage d'une seule traite, mais nous allons devoir faire escale à Kirkcaldy afin d'y embarquer un autre passager.

Moïra se sentit très déçue. Ils étaient si bien, tous les trois… Pourquoi allaient-ils être obligés de subir la présence d'un passager inconnu ? Presque un intrus.

— Il a déjà voyagé à bord du *Bornéo*, reprit Basil. C'est un homme d'agréable compagnie qui préfère se rendre à Londres par bateau plutôt que par le train.

— Que fait-il ? demanda Ewen.

— C'est un banquier. Mais vous n'avez pas encore pris votre petit déjeuner ? Il y a des kippers, du haddock et de délicieux scones. Dépêchez-vous… sinon le cuisinier pensera que vous ne voulez rien manger. Il fera tout débarrasser et vous ne trouverez même pas un quignon de pain à vous mettre sous la dent.

— Oh, ne parle pas de malheur, Kelpie ! s'exclama Ewen. Tu viens, Moïra ?

La jeune fille hésita.

— Je voudrais voir le bateau sortir du port.

— Je peux comprendre cela, si c'est votre premier voyage, dit Basil.

Il s'inclina.

— Quant à moi, il faut que je rejoigne mon second au poste de pilotage. À tout à l'heure, mes amis.

Maintenant que Basil était parti, la navigation avait perdu tout attrait pour Moïra.

— Allons prendre notre petit déjeuner, dit-elle. Je serais navrée de manquer les kippers, le haddock et les scones.

Ils se rendirent dans la salle à manger où les attendait un excellent petit déjeuner. Le *Bornéo* tanguait légèrement et Ewen s'inquiéta.

— Comment te sens-tu, Moïra ?

— Mais... très bien, merci.

— Tu as toujours faim ?

— Bien sûr.

Un peu moins, toutefois... Pas à cause du mal de mer, mais parce que Basil n'était pas avec eux.

« Mais quand il est là, je le regarde et je ne pense plus à manger, pensa-t-elle, se moquant d'elle-même. L'amour est une chose bien étrange. »

Et soudain, sans véritable raison, elle eut envie de pleurer.

Pendant que son frère faisait honneur à tout ce qui se trouvait sur la table, elle se contenta de boire deux tasses de thé, tout en grignotant un scone.

— Tu ne te sens pas bien, toi, dit Ewen.

— Si.

— De toute manière, mieux vaut ne pas trop manger si tu crains d'être souffrante.

La jeune fille préféra ne pas discuter. De toute façon, comment expliquer à Ewen la complexité de tout ce qu'elle ressentait ?

Elle alla ensuite se promener sur le pont, avec l'espoir secret d'y retrouver Basil. Malheureusement, il demeurait invisible.

En fin de matinée, le bateau fit sa première escale, et probablement la seule. À côté de celui de Dundee, le port de Kirkcaldy paraissait bien petit, mais il y régnait une animation intense. Fascinée, Moïra suivit les manœuvres avec beaucoup d'intérêt.

Ewen la rejoignit au moment où le cargo se rangeait le long du quai.

— Je vais aller demander à Kelpie si j'ai le temps de faire un petit tour à terre. Je ne refuserais pas de boire un whisky dans une taverne du port…

Quelques minutes plus tard, il revint.

— Je dispose d'une heure ! Je ne te propose pas de venir avec moi, Moïra.

— Heureusement ! Maman serait choquée si elle apprenait que tu m'emmènes dans des tavernes.

Ewen éclata de rire. Depuis qu'il avait mis le pied à bord du *Bornéo*, tous les soucis qui le rongeaient semblaient s'être envolés.

— À tout à l'heure ! lança-t-il avec bonne humeur.

— Ne bois pas trop… et tâche de revenir avant le départ du bateau.

— Tu penses !

Après le départ de son frère, Moïra alla rejoindre Basil qu'elle avait aperçu consultant une carte, à l'entrée du poste de pilotage.

— Vous n'êtes pas descendu à terre avec Ewen ? lui demanda-t-elle.

Il secoua négativement la tête, tout en souriant. Et le cœur de la jeune fille manqua un battement…

— Je ne bois jamais d'alcool pendant la journée, expliqua-t-il. Le soir, à l'heure du dîner, il m'arrive de prendre une bière ou un verre de vin. Quelquefois, dans la soirée, je m'offre un whisky ou un cognac… C'est tout.

Une voiture de louage venait de s'arrêter devant le cargo.

— Voici notre passager, dit Basil.

Un homme de petite taille, assez corpulent, gravit la passerelle d'un air important.

Basil alla à sa rencontre. Curieuse de voir de plus près celui avec lequel elle allait devoir passer plusieurs jours, Moïra le suivit.

Le nouveau venu devait avoir une quarantaine d'années. Avec ses épais favoris couleur carotte, son teint rougeaud et son costume de voyage beige à carreaux bruns, il avait l'air d'un détective d'opérette. La jeune fille avait le nez fin, et elle n'eut pas besoin de s'approcher de cette espèce de caricature pour sentir la forte odeur d'alcool et de tabac qui l'environnait.

Basil fit brièvement les présentations.

— M. Angus MacKinnon et Mlle Moïra de Lednock, qui voyage avec son frère Ewen.

Poliment, la jeune fille tendit la main à Angus MacKinnon qui la saisit et, après l'avoir baisée, la garda plus longtemps qu'il ne convenait dans la sienne. Puis, après l'avoir enfin libérée, il l'examina de la tête aux pieds. Et elle eut alors la déplaisante impression d'être déshabillée.

« Quel homme antipathique ! » pensa-t-elle en faisant un pas en arrière, déjà décidée à l'éviter autant que possible.

Loin d'être découragé par sa froideur, Angus MacKinnon lui adressa un sourire mielleux.

— Je suis ravi de faire le voyage jusqu'à Londres en aussi agréable compagnie.

Moïra recula encore d'un pas. Elle avait hâte de voir son frère revenir de son expédition dans les tavernes mal famées du port. Elle jeta un coup d'œil vers le quai et se sentit immédiatement soulagée.

— Ah, voilà Ewen !

De nouveau, Basil fit les présentations. Les deux hommes se serrèrent vigoureusement la main, échangèrent quelques mots, se découvrirent par le plus grand des hasards quelques amis communs et, à partir de ce moment-là, devinrent les meilleurs amis du monde.

— Pas possible ! s'exclama Ewen. Vous avez parfois l'occasion de vous rendre à Stirling ? La prochaine fois que vous irez là-bas, il faut absolument que vous veniez nous rendre visite au château de Lednock. Il se trouve à mi-chemin entre...

Angus MacKinnon ne le laissa pas en dire plus.

— Qui ne connaît le château de Lednock ?

Là-dessus, il adressa un regard concupiscent à Moïra. Puis il hocha la tête.

— J'irai là-bas très volontiers. Merci beaucoup pour votre invitation.

Moïra était furieuse.

« Mon frère est tellement obtus, par moments ! Il n'a même pas deviné mes réticences. Il faut dire qu'en ce moment, il ne raisonne pas très clairement. Il a dû boire plus d'un whisky... »

Angus MacKinnon se tourna vers elle.

— J'espère que j'aurai l'honneur d'être assis à côté de vous au dîner, mademoiselle.

— Étant donné que nous ne sommes que quatre, nous serons forcément assis les uns à côté des autres, rétorqua-t-elle sans la moindre aménité.

Il en fallait plus pour décontenancer Angus MacKinnon.

— Je suis tellement heureux de faire ce voyage en aussi bonne compagnie ! s'exclama-t-il avec chaleur, tout en tapant sur l'épaule d'Ewen.

Agacée, Moïra s'éclipsa discrètement et alla se réfugier dans sa cabine, tandis que la vibration des moteurs, que l'on venait de remettre en marche, se transmettait à tout le bateau.

« Tant pis, je ne verrai pas le *Bornéo* appareiller, se dit-elle, déçue. Mais rester sur le pont pour y subir la compagnie et les discours de ce déplaisant individu... merci ! »

Elle attendait l'heure du dîner avec une certaine impatience. Car elle retrouverait alors Basil. Certes, il lui faudrait supporter également la présence d'Angus

MacKinnon, mais celle de Basil Weston compenserait largement cet inconvénient.

Hélas ! À peine avait-elle fait son entrée dans la salle à manger que Basil déclara :

— Excusez-moi, mes amis. Mais comme nous allons naviguer dans une passe assez difficile, je préfère être moi-même aux commandes du bateau.

Après son départ, le dîner se révéla être une véritable épreuve pour Moïra. Certes, Angus MacKinnon avait reçu une bonne éducation. Il semblait connaître beaucoup de gens importants et avait de nombreuses anecdotes à raconter. Plusieurs fois, Ewen éclata de rire, tandis que la jeune fille se contentait d'esquisser un sourire contraint. Elle ne pouvait pas supporter que cet homme la détaille d'un œil jaugeur, un peu comme si elle était une jument sur un champ de foire.

Sans attendre la fin du repas, elle se leva.

— Excusez-moi, je ne me sens pas très bien.

— Tu as le mal de mer ? demanda Ewen.

— Je le crains.

— Il faut dire que le vent s'est levé et que le *Bornéo* roule un peu, déclara Angus MacKinnon.

Avec courtoisie, Ewen se leva à son tour.

— Je t'accompagne jusqu'à ta cabine.

— Ce n'est pas la peine.

— J'insiste. Imagine que tu sois prise d'un malaise en cours de route ?

Même si son mal de mer était purement imaginaire et qu'il n'y avait aucun risque pour qu'elle s'évanouisse dans une coursive, Moïra ne protesta pas.

Angus MacKinnon parut très déçu.

— Et moi ? Je vais rester seul ?

— Je reviens tout de suite, lui promit Ewen.

— Ah, très bien ! Après le dîner, nous pourrions peut-être faire une partie de cartes, tout en buvant quelques verres de whisky ? Que dites-vous de cela ?

— Voilà une bien bonne idée !

Chemin faisant, la jeune fille demanda à son frère ce qu'il pensait du nouveau passager.

— Je le trouve très sympathique, déclara-t-il.

— Pourquoi ?

— Tout d'abord, c'est un Écossais.

— Peuh ! Il existe des Écossais antipathiques.

— Pas celui-ci. De plus, il est riche, de bonne famille, et nous nous sommes découvert de nombreux amis communs.

— Moi, je ne l'aime pas. Je n'ai pas confiance en lui.

Ewen haussa les épaules.

— Tu le connais à peine. Et puis tu es fatiguée, ce qui fausse ton jugement.

— Tu vas jouer aux cartes avec lui ?

— Bien sûr. Qu'y a-t-il de mieux à faire à bord d'un bateau que de passer la soirée à jouer aux cartes ?

La jeune fille pinça les lèvres.

— En buvant du whisky ?

— Encore mieux !

Tard dans la soirée, Moïra fut réveillée par des rires et des éclats de voix en provenance du salon.

« Mon frère et Angus MacKinnon semblent bien s'amuser », pensa-t-elle en pinçant les lèvres.

Elle se retourna et se rendormit.

Vers trois heures du matin, on tambourina bruyamment à sa porte. Elle sursauta, affolée.

« Qui est là ? Que se passe-t-il ? » faillit-elle demander.

Un naufrage ? Elle se souvint à temps que Basil avait spécifié qu'en cas de sinistre, la sonnerie du tocsin se ferait entendre dans tout le bateau afin que les passagers et les membres de l'équipage se réunissent sur le pont.

Qui se tenait derrière la porte de sa cabine que – grâce au ciel ! – elle avait eu la bonne idée de fermer à clef ? Ewen se serait déjà nommé. Basil ne se permettrait jamais de la déranger à une heure pareille. Par conséquent, cela ne pouvait être qu'Angus MacKinnon !

« Quand je pense qu'Ewen n'a que des compliments à faire au sujet de ce butor ! »

Les coups redoublèrent. Puis l'importun se lassa enfin et s'éloigna d'un pas mal assuré.

Le lendemain matin, Moïra, levée de bonne heure, prit son petit déjeuner en compagnie du jeune capitaine du *Bornéo*. Tous deux s'entretinrent à bâtons rompus, parlant un peu de tout et de rien.

Il faisait beau, le soleil brillait, la mer était d'huile… et la jeune fille se sentait tout simplement heureuse.

Ewen les rejoignit au moment où ils se levaient de table. En voyant le visage gris et les yeux cernés de son frère, Moïra s'inquiéta.

— Tu es malade ?

— Je ne me sens pas bien du tout.

Basil laissa échapper un rire bref.

— Rien de grave, fit-il, laconique. Manque de sommeil et abus de whisky.

Ewen porta la main à son front.

— Ma foi… Tu n'as pas tort, Kelpie.

En riant, il poursuivit :

— Je plaide coupable : j'ai passé une bonne partie de la nuit à jouer aux cartes avec Angus.

Moïra se demanda si elle devait parler à son frère de l'incident de la nuit. Après un instant de réflexion, elle estima que le moment était mal choisi : Ewen se trouvait en trop triste état.

Basil partit relayer son second au poste de pilotage. Moïra s'apprêtait à quitter la salle à manger quand Angus MacKinnon y fit son entrée. Au contraire d'Ewen, il paraissait en pleine forme. Parce qu'il n'avait pas bu de whisky ? Ou bien parce que, habitué aux excès – ce que laissait supposer son teint couperosé –, il supportait plus aisément une nuit de veille ?

La jeune fille ne s'attarda pas. La compagnie d'Angus MacKinnon lui était de plus en plus déplaisante.

« Je vais aller prendre l'air », se dit-elle.

Comme un vent glacial soufflait, elle se rendit tout d'abord dans sa cabine pour jeter sur ses épaules une chaude cape en laine. Puis elle fit plusieurs fois le tour du pont.

Basil se tenait là-haut, seul dans le poste de pilotage. Elle se sentait attirée par lui comme par un aimant. Pourquoi n'irait-elle pas bavarder un peu avec lui ? Ce n'était pas interdit, tout de même...

Il s'inclina quand elle entra dans le poste de pilotage d'où l'on dominait toutes les superstructures du bateau.

— Je ne vous dérange pas ? demanda-t-elle un peu timidement.

— Au contraire, répondit-il en souriant.

Quand il lui souriait ainsi, un trouble sans nom envahissait la jeune fille.

« Je l'aime tant ! » pensa-t-elle avec émotion. « J'aime son sourire, le son de sa voix, son visage, sa manière de s'exprimer, de se déplacer... C'est bien simple : j'aime tout de lui ! »

Machinalement, elle jeta un coup d'œil au titre du livre qu'il venait de poser sur la table à cartes en acajou verni.

— *Faune et flore d'Asie et d'Orient*, lut-elle. Vous vous intéressez donc à la botanique et aux animaux ?

— Beaucoup. J'ai toujours été un fervent admirateur de la nature.

— Moi aussi.

« Nous sommes vraiment faits pour nous entendre », se dit Moïra.

— J'ai étudié la faune et la flore de différents pays à l'université, reprit Basil. Malheureusement, cela ne peut être qu'un violon d'Ingres pour moi.

— Pourquoi ?

Il soupira.

— Pour la bonne raison qu'il faut être très fortuné pour pouvoir se consacrer à la botanique. On ne peut pas vivre de l'étude des plantes. Et comme je suis obligé de gagner ma vie…

— Vous avez plusieurs passions dans la vie, ai-je cru comprendre. La mer, entre autres.

Il hocha la tête.

— Je suis heureux de vivre sur l'eau. Mais je vous avouerai que ces allers-retours sans fin entre Dundee et Londres me semblent un peu lassants, à la longue. Ah ! Que ne donnerais-je pas pour partir avec le *Bornéo* sur les mers tropicales de couleur turquoise !

« Que ne donnerais-je pas pour pouvoir vous accompagner ! »

Ils s'entretinrent pendant une demi-heure, se découvrant avec autant d'étonnement que de plaisir mille goûts communs et la même manière de voir les choses. Moïra aurait volontiers passé la journée à bavarder avec lui. La bienséance voulait cependant qu'elle ne s'attarde pas trop.

« Si ma mère était là, elle estimerait que je suis restée beaucoup plus longtemps qu'il ne convient », se dit-elle.

À voix haute, elle déclara :

— Je vais voir ce que devient Ewen.

— Je crains qu'il n'ait un peu trop bu hier, fit Basil.

— C'est ce que je pense aussi, murmura la jeune fille. Mais je ne peux pas lui faire la leçon.

— Moi non plus, même si ce n'est pas l'envie qui m'en manque.

Quelques minutes plus tard, Moïra traversait le pont. Le vent avait forci, et elle devait garder la tête baissée pour y faire face. Un brusque coup de roulis la fit trébucher et elle serait tombée si un homme ne l'avait pas saisie à temps par la taille.

Un mélange d'odeurs lui monta aux narines : iode, tabac, whisky... Celui qui l'avait aidée à garder son équilibre ne pouvait être qu'Ewen.

Ewen ? Ewen était beaucoup plus grand que celui qui la serrait contre lui. Avec horreur, la jeune fille s'aperçut qu'elle était dans les bras d'Angus MacKinnon.

Elle voulut se dégager, mais il la maintint contre lui d'une poigne de fer.

— Ha, ha ! On fait moins sa fiérote, maintenant, ma belle !

— Lâchez-moi !

— Vous allez tomber.

— Pas du tout. Lâchez-moi, vous dis-je !

— Vous n'êtes qu'une allumeuse.

— Quoi ? Je... je ne suis que...

— Une allumeuse. Hier soir, au dîner, vous n'avez pas cessé de flirter avec moi. Et aujourd'hui, vous me regardez de haut.

— Jamais je n'ai flirté avec vous. Jamais !

— Si. J'avais même l'impression que vous souhaitiez une petite visite pendant la nuit.

— Vous êtes fou.

Submergée de colère, la jeune fille réussit à se libérer.

— Oui, vous êtes fou. Complètement fou ! C'est donc vous qui êtes venu tambouriner à ma porte à trois heures du matin ? Dans ce cas, permettez-moi de vous dire, monsieur, qu'aucun gentleman n'aurait osé agir ainsi.

Il ricana.

— Oh, la petite pimbêche !

Grâce au ciel, un marin s'approcha.

— Excusez-moi, mademoiselle, mais votre frère est malade et vous demande.

— Merci, j'y vais tout de suite.

Ravie de cette diversion, la jeune fille s'empressa de s'éloigner. Mais le vent lui apporta les paroles d'Angus MacKinnon.

— Si tu crois que tu en as fini avec moi, ma belle, tu te trompes.

Moïra trouva son frère étendu sur sa couchette, dans la cabine voisine de la sienne. Le teint cireux, les yeux plus cernés que jamais, Ewen paraissait bien mal en point.

Il s'efforça cependant de rire.

— Ma petite sœur résiste au mal de mer ! Et dans quel état je me retrouve, moi qui me croyais invincible !

— Ewen, j'ai des ennuis.

— Comment cela ?

— Ce MacKinnon me poursuit de ses assiduités. Quand je le repousse, il devient presque violent. Cette nuit, il n'a pas hésité à venir frapper à la porte de ma chambre.

— Ce n'est pas possible. Tu as dû rêver.

— Je t'assure qu'il a essayé d'entrer chez moi. D'ailleurs, il me l'a confirmé.

— Je ne peux pas le croire. Angus MacKinnon est un homme bien élevé qui traite les femmes avec tout le respect voulu.

— Regarde.

Elle releva sa manche et lui montra son avant-bras tuméfié.

— C'est… c'est lui qui a fait cela ?

— Il y a dix minutes, sur le pont.

Les larmes vinrent aux yeux de la jeune fille.

— Oui. Et quand j'ai enfin réussi à m'enfuir, je l'ai entendu me menacer : « Si tu crois que tu en as fini avec moi, ma belle, tu te trompes ».

Elle se mit à sangloter.

— Il prétend que je l'ai encouragé, mais c'est faux. Je te le jure, Ewen, c'est faux !

— Je le sais bien, grommela-t-il en haussant les épaules. Je te connais.

Il porta la main à son front.

— Ce n'est pas que je me sente très bien. Mais il faut absolument tirer tout cela au clair.

— Plus tard.

— Non. Ce MacKinnon ne va pas compromette ta réputation. Pas question ! Je vais immédiatement prévenir Kelpie.

Il se leva. Le bateau roulait et tanguait de plus en plus et il dut s'accrocher à une barre de cuivre judicieusement placée près de sa couchette pour réussir à rester debout.

— Ewen, tu es souffrant, protesta la jeune fille. Le moment est mal choisi pour…

— Écoute, c'est moi qui t'ai emmenée à bord du *Bornéo*. Par conséquent, je suis responsable de toi. Que je sois mal en point ou pas, il me faut arranger cette affaire.

Pendant qu'ils se dirigeaient vers le pont, il murmura :

— Bizarre, quand même… Je le trouvais sympathique. Et par-derrière, ce sournois brutalisait ma sœur ! Par exemple !

Il monta jusqu'au poste de pilotage et raconta toute l'histoire à celui qu'il persistait à appeler Kelpie.

Basil Weston l'écouta sans mot dire. Puis il se tourna vers la jeune fille.

— Est-ce vrai, Moïra ?

Elle crispa ses doigts sur son mouchoir trempé de larmes.

— C'est vrai, murmura-t-elle, tête basse.

Basil appela un marin.

— Demandez à mon second de venir me trouver d'urgence.

— Tout de suite, capitaine.

L'officier en second arriva quelques minutes plus tard.

— Un problème, capitaine ?

— Nous faisons demi-tour. Cap sur Lowestoft.

Le second ne fit aucun commentaire.

— Bien, capitaine, se contenta-t-il de dire.

Basil se tourna vers Ewen, qui, plus pâle que jamais, s'adossait à la paroi du poste de pilotage.

— Lowestoft est le port le plus proche, répondit Basil, les yeux étincelants de rage. Nous allons y débarquer MacKinnon.

Moïra retint sa respiration.

— N'est-ce pas… un peu trop ?

— Si la sœur de l'un de mes meilleurs amis ne peut pas être en sécurité à bord de mon bateau, où allons-nous ?

— Cela va t'obliger à faire un détour, Kelpie, remarqua Ewen, gêné lui aussi.

— Tant pis.

Pendant que le *Bornéo* faisait route vers Lowestoft, Ewen et sa sœur se rendirent au salon, où un steward leur apporta du thé.

— Jamais je n'aurais imaginé que Basil allait réagir avec une telle rapidité, dit Moïra.

Ewen, qui semblait se sentir un peu mieux, éclata de rire.

— Tu vas perdre un admirateur.

— Drôle d'admirateur.

— Et moi, je ne vais plus pouvoir jouer aux cartes, car Kelpie ne les apprécie guère.

— Il a bien raison. Tu devrais prendre exemple sur ton ami Basil, qui n'a que des qualités. Ce n'est pas lui qui irait gaspiller son argent dans les tavernes d'un port !

Ewen rétrécit les yeux.

— Kelpie est un homme charmant, cultivé, séduisant... bref, tout ce que tu voudras. Mais il n'a pratiquement pas un sou. Il ne possède qu'une vieille bâtisse délabrée et ce bateau. Aussi, ne rêve pas trop, s'il te plaît !

— Pfff ! Quelle idée. Ton ami est très gentil, mais de là à...

Moïra réussit à hausser les épaules.

— Je suis raisonnable, tu sais, soupira-t-elle.

Dès que le bateau se rangea le long du quai, à Lowestoft, on descendit la passerelle. Puis, sans tenir compte des protestations d'Angus MacKinnon, deux marins le conduisirent de force à terre, tandis qu'un autre déposait ses bagages à ses pieds.

Cette opération n'avait pas pris plus de cinq minutes. Le *Bornéo* put repartir aussitôt, tandis que le passager levait le poing vers le ciel en éructant des bordées d'injures.

Cachée derrière un hublot, Moïra avait pu voir toute la scène en compagnie de son frère.

— Sait-il seulement pourquoi il vient d'être débarqué manu militari ? demanda-t-elle.

— Kelpie a tenu à le lui expliquer. Il a tout nié, bien sûr. Mais Kelpie n'a pas cru un seul mot de ses dénégations.

Confuse, la jeune fille murmura :

— Si j'avais bien compris, MacKinnon empruntait régulièrement ce bateau. Pour Basil, cela va se traduire par un manque à gagner.

— Ne t'inquiète pas, Kelpie sait ce qu'il fait.

5

Le voyage se poursuivit tranquillement. Après avoir remonté la Tamise, le *Bornéo* arriva à destination, au milieu des docks de Londres où un quai lui était réservé.

Ils allaient donc devoir quitter le cargo ? Moïra se sentit très triste à cette perspective. Elle serait volontiers restée à bord. Et si Basil le lui avait demandé, elle l'aurait suivi jusqu'au bout du monde, jusqu'à ces mers tropicales de couleur turquoise qui le faisaient tant rêver…

Hélas, son frère avait décidé qu'ils devaient se sacrifier pour sauver le château.

« C'est trop injuste ! se redit-elle une fois de plus. Mon père a agi inconsidérément, et à cause de cela, je serai malheureuse jusqu'à mon dernier jour. »

La perspective de devoir épouser un homme pour lequel elle n'éprouverait aucun sentiment la révoltait. Elle imaginait son futur mari comme une espèce d'Angus MacKinnon. Qu'un individu pareil puisse la toucher, ne serait-ce que du bout des doigts, l'emplissait d'horreur. Et elle devrait lui appartenir ? À cette pensée, elle avait envie de mourir.

— Peux-tu envoyer un marin nous chercher un fiacre ? demanda Ewen à Kelpie.

— Tout de suite.

— Vous semblez bien pressé de nous voir partir, Basil, remarqua la jeune fille avec amertume.

— Pas du tout. Bien au contraire ! Si vous…

Il s'interrompit brusquement.

— Si ? insista-t-elle.

— Oh, rien !

Elle comprit qu'elle ne saurait jamais ce qu'il avait eu envie de dire.

Ewen alla chercher leurs bagages, tandis que Moïra restait sur le pont en compagnie de Basil.

— J'espère que vous regagnerez l'Écosse à bord du *Bornéo*, dit ce dernier.

— Je l'espère, moi aussi.

— À quelle époque pensez-vous prendre le chemin du retour ?

Elle baissa la tête et ce fut avec une infinie tristesse qu'elle déclara :

— Je l'ignore.

— Me permettez-vous de vous écrire ?

— Naturellement. Connaissez-vous notre adresse ?

Basil sourit.

— Ewen m'a dit que vous deviez séjourner chez vos cousins lord et lady Cunningham.

Avec chaleur, il promit :

— Je vous écrirai… et peut-être me répondrez-vous ?

— Certainement.

De nouveau, le désespoir envahit la jeune fille. Où tout cela pouvait-il les mener ? À rien, hélas !

— J'espère que vous avez apprécié votre séjour à bord du *Bornéo*, reprit Basil. Il faut dire que tout s'est relativement bien passé, à l'exception du déplaisant incident dû à la présence d'Angus MacKinnon…

Elle leva les yeux vers lui.

— Ne parlons plus de lui. Et tout a été parfait. Je ne sais comment vous remercier.

— C'est le plus agréable des voyages que j'aie jamais faits, déclara soudain Basil.

Il baissa la voix.

— Moïra, il faut que je vous avoue quelque chose...

Le cœur battant, elle attendit la suite. Mais Basil n'eut pas le temps d'en dire davantage : Ewen revenait déjà.

— Voilà le fiacre ! s'écria-t-il.

Basil pressa la main de la jeune fille.

— À bientôt, chuchota-t-il. À très bientôt.

Ewen donna une bourrade amicale à son ami.

— Kelpie, un grand merci ! Grâce à toi, nous sommes arrivés à bon port et dans les meilleures conditions qui soient.

— Tout le plaisir était pour moi.

— Merci beaucoup, Basil, renchérit Moïra.

Le jeune capitaine du *Bornéo* les accompagna jusqu'au fiacre où deux marins chargeaient leurs bagages.

La jeune fille eut soudain envie de pleurer. À grand-peine, elle ravala ses larmes et agita la main.

Basil, debout sur le quai, regarda la voiture s'éloigner. Puis, en soupirant, il gravit la passerelle.

Le frère et la sœur arrivèrent chez les Cunningham vers huit heures du soir.

— Cela ne se fait pas de se présenter au moment du dîner, marmonna Ewen, gêné, tandis que le fiacre allait au petit trot dans les rues pavées.

— Les Cunningham savent parfaitement que nous avons été obligés d'attendre la marée montante pour emprunter la Tamise.

— Je leur avais écrit pour leur annoncer que nous arriverions... hier. Mais nous avons été retardés, car le *Bornéo* a dû faire un détour à cause de MacKinnon.

— Premièrement il a fallu aller jusqu'à Kirkcaldy pour l'embarquer.

— Et deuxièmement jusqu'à Lowestoft pour le débarquer, termina Ewen en riant.

Moïra descendit du fiacre et contempla avec stupeur l'étroite façade de la demeure où elle allait vivre pendant un certain temps.

— Es-tu sûr que ce soit la bonne adresse ? s'inquiéta-t-elle.

— Quelle question ! Je suis venu plusieurs fois ici. Figure-toi que je connais l'hôtel particulier de nos amis.

— Un hôtel particulier ? répéta la jeune fille, dubitative. On dirait une maison de poupée.

Ewen ne put s'empêcher de rire.

— Évidemment, à côté du château de Lednock... Mais les Londoniens te diraient que cette habitation datant du XVIIIe siècle est non seulement fort belle, mais également située dans l'un des plus élégants quartiers de la ville.

À ce moment-là, un majordome aux favoris gris ouvrit la porte.

— Monsieur Ewen ! s'écria-t-il avec chaleur. Bienvenue !

— Bonsoir, Berbridge. Comment allez-vous ?

— À part mes rhumatismes, avec lesquels il faut bien vivre, je vais très bien, monsieur Ewen, merci.

Il appela un valet.

— Pouvez-vous vous charger des bagages de M. et Mlle de Lednock, s'il vous plaît ?

— Tout de suite, monsieur Berbridge.

Le majordome s'effaça pour laisser entrer les voyageurs.

— Nous pensions que vous arriveriez hier, monsieur Ewen. Milord et milady se sont inquiétés.

— Notre bateau a été retardé, et il m'a été impossible de vous envoyer un télégramme. Vous m'en voyez navré, Berbridge.

— Milord et milady vous ont attendus pour dîner, fit le majordome d'un ton où perçait un léger reproche.

— Je suis navré, répéta Ewen.

« Cela commence mal », pensa Moïra.

— Quoi qu'il en soit, milord, vous ne verrez pas milord et milady ce soir, reprit le majordome. Ils se sont rendus à une réception où vous étiez également conviés. Avez-vous dîné ?

— Non, nous arrivons des docks.

— Je vais demander que l'on vous apporte une collation.

— Ewen, nous pouvons peut-être nous passer de dîner ? suggéra timidement Moïra.

Elle détestait s'imposer, et le fait d'arriver dans une maison où elle n'avait jamais mis les pieds, une maison dont les propriétaires étaient absents, la mettait très mal à l'aise.

— Nous passer de dîner ! protesta Ewen. Et quoi encore ? Je meurs de faim, moi.

Berbridge laissa échapper un petit rire discret.

— Voilà une bonne maladie, monsieur Ewen, fit-il avec une affectueuse familiarité.

Moïra admira le hall dallé de marbre noir et blanc sur lequel étaient jetés quelques tapis précieux. Un élégant escalier s'élevait vers les étages. Quant au lustre en cristal, il n'était pas alimenté au gaz, mais par la fée Électricité !

« Nous voilà brusquement transportés dans le monde moderne », pensa-t-elle.

Les Écossais étaient très attachés à leurs traditions et les nouvelles inventions n'arrivaient là-bas qu'au compte-gouttes – surtout dans les campagnes.

Une soubrette assez impertinente leur servit un repas composé de viande froide, puis on les conduisit jusqu'à leurs chambres.

Moïra avait déjà été sidérée en constatant que cette maison était éclairée à l'électricité. Mais sa stupeur ne connut plus de bornes quand elle s'aperçut que son lit n'était pas à baldaquin, ni même entouré de rideaux. Elle avait droit à l'un de ces nouveaux lits en cuivre étincelant dont elle avait vu une gravure dans une revue !

Pendant qu'ils dînaient rapidement, on avait défait leurs bagages. La jeune fille ne put s'empêcher de rougir en imaginant la réaction de la femme de chambre qui avait dû suspendre ses vêtements démodés dans les placards…

Il faisait très chaud dans sa chambre. Pourtant, le rideau de la cheminée restait baissé. Elle aperçut alors un haut radiateur en fonte.

« Le chauffage central ! »

Tenant à faire part de sa stupeur à son frère, elle frappa à une porte, pensant que celle-ci communiquait avec la chambre d'Ewen. Pas de réponse. Elle frappa de nouveau avant de se décider à l'ouvrir et elle découvrit alors une salle de bains ! Oui, elle avait droit à une salle de bains pour elle toute seule, avec une baignoire très haute, montée sur des pieds de dragon, une robinetterie étincelante et un chauffe-eau en cuivre qui sifflait furieusement.

« Mon Dieu, quelle aventure ! se dit-elle avec amusement. Espérons que je vais m'habituer à tout cela. Pour le moment, j'ai vraiment l'impression d'être la petite provinciale idiote qui n'a jamais rien vu de sa vie. »

Elle se fit couler un bain et s'y plongea avec délice. Puis elle se mit au lit.

« Un matelas de plumes ! »

Quelle différence avec les matelas en crin de cheval du château ! Quelle différence, aussi, avec le matelas dur de sa couchette à bord du *Bornéo* !

Il lui suffit d'évoquer le *Bornéo* pour que les larmes lui viennent aux yeux.

— Oh, Basil ! soupira-t-elle, en ramenant jusqu'à son menton le drap en lin finement ajouré. Comme je vous aime ! Je n'aimerai jamais que vous.

Là-dessus, elle ferma les yeux et s'endormit presque immédiatement.

Ce fut une femme de chambre d'un certain âge qui l'éveilla le lendemain matin en tirant les rideaux.

— Bonjour, mademoiselle. Avez-vous bien dormi ?

— Très bien, merci.

— Milady a l'habitude de prendre son petit déjeuner à neuf heures et m'a chargée de vous dire qu'elle serait très heureuse de le prendre en votre compagnie.

— Bien sûr. Quelle heure est-il, s'il vous plaît ?

La jeune fille, persuadée qu'il n'était pas plus de sept heures, laissa échapper une exclamation en apprenant qu'il était près de huit heures et demie.

— Est-ce possible ? J'aurais dormi aussi longtemps ?

Elle s'empressa de se lever et revêtit une robe bleu foncé extrêmement simple qui, estimait-elle, conviendrait bien pour le matin. Puis elle descendit.

Dès qu'elle arriva dans le hall, le majordome l'emmena dans la salle à manger où l'attendait lady Cunningham, une femme d'une cinquantaine d'années.

— Ma petite Moïra, comme je suis heureuse de vous revoir ! Vous êtes plus jolie que jamais.

La jeune fille lui fit la révérence.

— Merci, cousine Suzan.

— J'ai dit à tous mes amis que j'attendais la visite de mes cousins écossais : le fils et la fille du comte de Lednock. Vous ne pouvez savoir combien d'invitations me sont déjà parvenues. Tous les gens de la haute société tiennent à faire votre connaissance. Je suis désolée que vous ayez manqué le dîner d'hier... Mais ce soir, vous êtes attendus chez le duc d'Aberfair.

Ewen arriva sur ces entrefaites.

— Une réception chez le duc d'Aberfair ? Ma cousine, vous êtes un ange !

Il s'inclina pour lui baiser la main, mais elle lui tendit sa joue.

— Foin de toutes ces cérémonies, Ewen !

Avec bonne humeur, il l'embrassa sur les deux joues.

— Bonjour, ma chère cousine. Et merci infiniment de bien vouloir nous accueillir.

— J'en suis ravie. Nous nous sommes bien souvent imposés à Lednock, mon mari et moi. Vous ne pouvez vous imaginer comme je suis contente de pouvoir enfin vous accueillir tous les deux.

Elle désigna la desserte où s'alignaient plusieurs plats en argent placés sur des réchauds.

— Allez vous servir, mes enfants.

— Tout cela a l'air bien appétissant, dit Ewen en prenant une assiette.

— Donc, nous irons tous ce soir chez le duc d'Aberfair, reprit lady Cunningham. Je vous préviens, Ewen ! Vous allez voir là-bas les plus jolies débutantes de l'année. Si, par hasard, vous estimiez l'heure venue pour songer au mariage, vous n'aurez que l'embarras du choix, croyez-moi !

— Le mariage ? Oh, j'ai tout le temps d'y songer, prétendit Ewen.

« Il sait vraiment bien mentir », pensa Moïra, sidérée par l'aplomb de son frère.

— Ces demoiselles vont vous faire les yeux doux, reprit lady Cunningham. Vous aurez un beau titre, un château de rêve…

Ewen et sa sœur échangèrent un coup d'œil qui en disait plus long que des discours.

Un beau titre, soit ! Quant au château de rêve, il risquait fort de tomber entre les mains des créanciers américains de leur père.

— Je serai prise ce matin par des essayages. Qu'avez-vous envie de faire ? demanda lady Cunningham.

Moïra n'hésita pas.

— J'aimerais tout simplement me promener à Hyde Park.

— Voilà une excellente idée. Vous accompagnez votre sœur, Ewen, bien sûr. Prenez donc ma voiture, je n'en aurai pas besoin.

Moïra fit une longue promenade dans le célèbre parc que les dames du monde… comme celles du demi-monde, parcouraient en calèche dans la matinée, tandis que d'élégants messieurs passaient au petit trot de leurs superbes pur-sang.

L'après-midi, sa cousine l'emmena chez Whiteley, le grand magasin où se pressaient de nombreuses élégantes, et lui offrit quelques mouchoirs bordés de dentelle. La jeune fille, qui avait l'impression de visiter un monde enchanté, s'efforça cependant de prendre un air blasé en flânant dans les étages où s'amoncelaient les marchandises les plus diverses. En gravissant le large escalier de marbre du centre, elle jeta un coup d'œil d'envie aux mannequins de cire vêtus de superbes robes du soir.

« À côté, les miennes sont affreuses ! Je vais avoir l'air de la cousine pauvre… ce que je suis, hélas ! »

— Oui, la cousine pauvre... répéta-t-elle ce soir-là en contemplant son reflet dans la glace.

Qu'allait-on penser d'elle ? Les diamants de sa mère ne masquaient pas le fait que sa toilette était horriblement démodée.

L'espace d'un instant, elle fut tentée de se mettre au lit en prétendant avoir une atroce migraine. Dans un sursaut d'orgueil, elle se redressa.

« Pourquoi redouterais-je le jugement d'une bande de péronnelles qui voient tous leurs caprices satisfaits ? Lorsque l'on saura que je suis la fille du comte de Lednock et que je viens d'Écosse, tout le monde comprendra que je ne peux pas suivre la dernière mode. Les personnes intelligentes se moquent des fanfreluches. Au fond, les chiffons ont si peu d'importance ! »

Et ce fut tête haute, un grand sourire aux lèvres, qu'elle descendit retrouver lord et lady Cunningham qui les attendaient dans le hall.

— Ma chère Moïra, vous êtes exquise ! s'exclama Suzan Cunningham.

— Merci pour le gentil compliment, ma cousine. Mais n'exagérons rien. J'ai acheté cette robe à Édimbourg il y a trois ans. On ne peut pas la comparer à celles que j'ai vues cette après-midi en votre compagnie.

— Ce qui compte avant tout, ma chère Moïra ? Votre fraîcheur, votre jeunesse, votre beauté et votre sourire éclatant.

Ewen les rejoignit à ce moment-là en tentant d'ajuster sa cravate. Il jura entre ses dents.

— Ces cols durs... Quel supplice !

Lord Cunningham éclata de rire.

— Ah ! Ces Écossais qui passent leurs journées à galoper dans les landes... Vous n'avez rien d'un dandy, mon cher Ewen, et je crois que cela plaira à ces demoiselles.

— Vous allez faire sensation, tous les deux, assura lady Cunningham.

Moïra en était moins sûre mais préféra garder son opinion pour elle.

Un quart d'heure plus tard, la voiture se mit à suivre au pas une file de véhicules qui, les uns après les autres, s'arrêtaient devant un splendide hôtel particulier. Des messieurs en habits, des femmes en robes de toutes les couleurs de l'arc-en-ciel en descendaient et gravissaient les marches en marbre d'un perron impressionnant éclairé par des flambeaux.

— C'est magnifique, murmura Moïra.

Une jeune fille de son âge dont la cape en fourrure laissait apercevoir une robe follement élégante en soie ivoire montait l'escalier. Un jeune homme vêtu d'un habit à la coupe parfaite s'inclina vers elle et lui dit quelques mots qui la firent éclater de rire.

Elle paraissait si jolie, si sûre d'elle, avec ces fleurs exotiques, de la même couleur que sa robe, qui étaient fichées dans ses cheveux… Moïra n'était pourtant pas d'un naturel envieux. Mais, cette fois, elle se sentit envahie par une jalousie intense, presque viscérale.

« La vie est trop injuste, pensa-t-elle. Pourquoi les uns ont-ils droit à tout, et les autres à rien ? »

Devinant ses pensées, lady Cunningham lui tapota gentiment la main.

— Ne vous inquiétez pas, ma chère petite cousine. Vous allez avoir beaucoup de succès.

Moïra, qui n'en croyait rien, s'efforça cependant de sourire.

Très vite, cependant, elle oublia son apparence. Il y avait tant à voir ! Les salons illuminés, les élégantes couvertes de bijoux, le somptueux buffet, les merveilleux bouquets, l'orchestre qui jouait d'entraînantes valses de Vienne dans la salle de bal...

Ewen retrouva des amis, qui lui présentèrent leurs sœurs et les amies de celles-ci. Et, soudain, il parut être partout à la fois. Il tourbillonnait dans la salle de bal, avec une jolie rousse dans les bras. Puis on le voyait au buffet, en train de boire du champagne avec une brune ou une blonde...

« Au moins, lui a du succès », se dit Moïra.

Personne ne l'avait encore invitée à danser. Et quand, enfin, un jeune homme vint s'incliner devant elle, c'était un affreux garçon boutonneux à peine sorti de l'adolescence.

Ensuite, elle dansa à plusieurs reprises, mais elle trouvait ses cavaliers tous plus ennuyeux les uns que les autres.

« Oh, Basil, pourquoi n'êtes-vous pas ici ? » ne cessait-elle de soupirer intérieurement.

La duchesse d'Aberfair vint gentiment lui parler.

— Comment vont vos parents ?

Se souvenant des recommandations de sa mère, elle évita soigneusement de mentionner les problèmes familiaux.

— Mon père se remet difficilement d'une mauvaise grippe, prétendit-elle. Mais à part cela, ils vont tous les deux très bien.

— Nous ne les voyons pas souvent à Londres.

— Ils sont si heureux en Écosse qu'ils ne souhaitent pas voyager.

« Et pourtant, mon père est allé jusqu'en Amérique ! »

— Ils devraient venir maintenant, quand la saison bat son plein, poursuivit la duchesse.

Moïra réussit à sourire.

— Mais justement ! En Écosse, la saison de la pêche et de la chasse bat aussi son plein.

La duchesse s'éloigna. Et Moïra se sentit plus seule que jamais.

Au début, cela l'avait amusée de voir les salons et la foule qui s'y pressait. Elle avait pu déguster des plats délicieux au buffet. Mais elle n'avait pas tardé à se lasser.

« Tout cela me semble fort superficiel », se dit-elle avec l'intransigeance de la jeunesse.

En revanche, Ewen continuait à être très entouré. Lord Cunningham jouait aux cartes avec des amis tandis que sa femme bavardait au milieu d'un groupe de douairières.

Moïra se sentit soulagée quand, une demi-heure plus tard, lady Cunningham vint lui annoncer que l'heure de prendre congé était venue.

— Déjà ? protesta Ewen.

Lady Cunningham se mit à rire.

— Vous reverrez toutes vos conquêtes demain, au bal masqué du comte de Backfield, promit-elle.

Ewen parut très satisfait.

— Un autre bal ? Parfait !

Amusé, lord Cunningham lança :

— Malgré le col dur ?

— Bah ! On l'oublie.

Dans la voiture qui les ramenait chez leurs cousins, pendant que son frère ne cessait de bavarder avec animation, Moïra ne dit pas un seul mot.

Elle ne cessait de penser à Basil.

Le lendemain, lady Cunningham offrit des masques à ses hôtes. Ewen eut droit à un loup très simple en velours noir. Celui de Moïra, en revanche, tout en étant lui aussi en velours noir, était orné de paillettes et de dentelle.

D'un ton léger, la jeune fille lança :

— Mon pauvre Ewen, tu ne vas pas reconnaître tes conquêtes d'hier.

— Tu as raison. Voilà un fâcheux problème.

— Ne vous inquiétez pas, dit lord Cunningham. À minuit, bas les masques !

Il se mit à rire.

— C'est seulement à ce moment-là que vous aurez la surprise de votre vie.

— Comment cela ?

— Et si la demoiselle que vous courtisiez depuis le début de la soirée n'était qu'un laideron ?

— Ou une douairière revêche, renchérit Moïra.

Très sûr de lui, Ewen répliqua :

— N'ayez crainte ! Même sous un masque, je saurai voir à qui j'ai affaire.

La comtesse de Backfield, vêtue d'une robe en soie rouge ornée de pierreries de la même couleur, portait un masque vénitien très ancien serti de pierreries.

Tout comme la veille, Ewen se retrouva bien vite au centre d'un groupe d'admiratrices… tandis que sa sœur faisait de nouveau tapisserie.

Lady Cunningham vint rejoindre la jeune fille.

— Me permettez-vous de vous parler franchement, ma chère Moïra ?

— Mais… naturellement, ma cousine.

— Si vous n'avez pas plus de succès que cela, je crains fort que ce ne soit entièrement votre faute.

— Ma… ma faute ?

— Oui. Vous êtes très jolie et, à mon avis, les jeunes gens devraient se disputer l'honneur de vous faire danser. Mais vous restez toujours cachée dans un coin où personne ne vous voit. Par exemple, pourquoi vous êtes-vous réfugiée dans l'embrasure de cette fenêtre ?

Sous son masque, la jeune fille rougit.

— Je ne connais personne ici…

— Ewen pas davantage. Mais il n'hésite pas à parler, à sourire, à danser et à flirter.

Moïra baissa la tête. Elle n'avait pas plus envie de parler que de sourire ou de danser. Quant à flirter…

Lady Cunningham ne déclara pas forfait.

— Auriez-vous des soucis ?

La jeune fille se força à sourire.

— Pas du tout, prétendit-elle.

— Dans ce cas, amusez-vous !

« Si seulement Basil était là, pensa Moïra. Tout serait différent. »

— Allez donc vous asseoir là-bas, bien en vue, insista lady Cunningham.

La jeune fille fut bien obligée d'obéir. Et presque immédiatement, un jeune homme au visage dissimulé par un loup rouge foncé vint s'incliner devant elle.

— Dansez-vous, joli masque ?

Elle se leva et il l'entraîna sur le parquet ciré. Un peu plus loin, lady Cunningham hochait la tête avec satisfaction.

Une fois la valse terminée, le jeune homme emmena Moïra au buffet et tous deux burent une coupe de champagne.

— Je vous connais ? demanda-t-il.

— Vous saurez cela à minuit, rétorqua-t-elle, cultivant volontairement le mystère.

Il éclata de rire.

— En tout cas, vous dansez merveilleusement bien. J'avais l'impression de tenir une plume entre mes bras…

— Merci.

Deux jeunes filles s'approchèrent, toutes deux follement élégantes dans leurs robes à la dernière mode en mousseline couleur pastel.

— Steven ? interrogèrent-elles.

— Vous êtes bien curieuses, jolies dames masquées. Vous ne saurez pas cela avant minuit, dit-il à son tour.

— J'ai parié avec Eleanor que c'était vous. Faites-moi danser, Steven !

— Et si je n'étais pas Steven ?

— Faites-moi danser quand même.

Moïra en profita pour s'esquiver. Elle se sentait si peu à sa place au milieu de ces débutantes à la fois futiles et en même temps trop sûres d'elles, de leur beauté !

Elle alla se promener dans le jardin. Si les Cunningham ne disposaient que d'un minuscule rectangle de pelouse entouré de hauts murs, les Backfield possédaient un véritable parc au centre de l'un des meilleurs quartiers de la ville. Après avoir rêvé près d'une fontaine, Moïra flâna dans une allée obscure bordée de grands buis.

Soudain, derrière elle, des pas firent crisser le gravier. Elle se retourna et vit un homme au visage dissimulé par un loup noir.

— On cherche la solitude, joli masque ? lança-t-il.

Même si elle ne connaissait encore pratiquement personne dans la haute société, Moïra reconnut cette voix, sans toutefois pouvoir mettre un nom dessus. Qui l'avait suivie jusqu'ici ?

— Vous n'avez pas peur des bêtes sauvages ? reprit-il.

— Croyez-vous qu'elles soient nombreuses dans ce parc ?

— Les bêtes, les hommes…

D'un ton menaçant, il déclara :

— Dans l'obscurité, la sauvagerie devient la règle.

Soudain effrayée, la jeune fille recula d'un pas. L'homme éclata d'un rire sinistre. Où avait-elle déjà entendu ce rire – ce ricanement, plutôt ?

— Vous ne vous souvenez pas de moi, Moïra ?

Il la saisit par les poignets avec brutalité, tout en ricanant de nouveau. L'écœurement gagna la jeune fille quand elle sentit son haleine, mélange d'alcool et de tabac.

— Nous n'avons pas terminé notre petite affaire, tous les deux, ma poulette.

Moïra sut alors *qui* était cet homme. Angus MacKinnon ! Terrifiée, elle se débattit de toutes ses forces.

— Lâchez-moi ! Laissez-moi partir !

— Ne fais pas ta mijaurée. Quand nous étions à bord du *Bornéo*, j'ai bien lu dans tes yeux que je te plaisais. Et je suis expert en la matière ! Tu as peut-être des manières de grande dame, mais, au fond, tout ce que tu demandes...

Il se mit à haleter.

— Tout ce que tu demandes, je vais te le donner, ma belle !

Là-dessus, il la prit par la taille et l'entraîna vers les fourrés.

— Au secours !

Il la bâillonna de la main.

— Tais-toi, petite idiote !

Moïra le mordit furieusement.

— Aïe ! La satanée tigresse !

Il la secoua sans douceur.

— Tu vas me le payer !

À la lumière de l'une des lanternes japonaises suspendues çà et là dans les jardins, il contemplait sa main ensanglantée. La jeune fille se mit à hurler de toute la force de ses poumons.

Il lui donna plusieurs violents coups de pied qui la firent choir dans l'herbe. Elle cria encore plus fort... et il disparut dans l'ombre des grands arbres.

Moïra se sentit sombrer dans l'inconscience.

Quand elle revint à elle, elle s'aperçut qu'elle était allongée sur un canapé recouvert de soie pâle. Sa robe était tachée de boue et une inconnue lui faisait respirer des sels.

Sur ces entrefaites, la comtesse de Backfield arriva. Elle paraissait très agitée.

— Mademoiselle de Lednock, vous ne pouvez savoir combien je suis navrée ! Un valet a remarqué qu'un homme vous suivait. Puis deux de mes invités l'ont vu vous attaquer. Sincèrement, je ne peux pas comprendre ce qui s'est passé. Je croyais pouvoir répondre du comportement de tous mes hôtes. Et un malade se serait glissé parmi nous ?

Elle prit la main tremblante de la jeune fille entre les siennes.

— Pauvre enfant ! Vous êtes bouleversée... Et votre jolie robe est perdue !

« Ma jolie robe ! pensa Moïra avec ironie. Elle est très indulgente. »

— Cela, au moins, je peux le réparer. Pour vous faire oublier ce déplaisant épisode, je vous offrirai en réparation quelques toilettes de chez Whiteley !

D'un geste, elle coupa court aux protestations de la jeune fille.

— J'y tiens absolument. C'est bien la moindre des choses, et si vous refusiez, je serais très offensée.

Bien entendu, après cet incident, il ne pouvait être question pour les Cunningham et leurs cousins de s'attarder.

Ewen se mit à pester quand on lui annonça que l'heure du retour était venue.

— Oh, non ! Il n'est pas minuit, les masques ne sont pas tombés !

À mi-voix, lady Cunningham lui raconta ce qui venait de se passer. Et tout de suite, il s'inquiéta.

— Comment est-ce possible ? L'un des invités des Backfield t'aurait attaquée dans le parc, Moïra ? Qui, mon Dieu ? Qui ?

— Angus MacKinnon.

Il y eut un silence. Puis Ewen jura.

— Comment a-t-il pu s'introduire chez le comte et la comtesse de Backfield ?

Après un instant de réflexion, il soupira.

— Évidemment, c'est un banquier. Un homme influent dans la City. Il a ses entrées un peu partout.

6

Moïra retrouva son frère le lendemain matin à la table du petit déjeuner. Tout en faisant honneur à un bol de porridge, Ewen chantonnait.

— Tu as l'air de bonne humeur, remarqua la jeune fille. Tu ne m'en veux pas trop d'avoir abrégé ta soirée ?

— Il est certain que j'aurais préféré rester un peu plus longtemps chez les Backfield, admit-il. Mais après ce qui s'était passé, il n'en était plus question. Quand je pense que ce MacKinnon a osé t'importuner de nouveau !

— Tu sais, jamais je ne l'ai encouragé, au contraire de ce qu'il prétend.

Ewen haussa les épaules.

— Te connaissant, j'en suis sûr.

Après avoir terminé son porridge, il alla se servir d'œufs brouillés au bacon, tandis que sa sœur se contentait d'une tasse de thé et de pain grillé.

— J'ai retrouvé hier la charmante débutante avec laquelle j'avais dansé chez le duc d'Aberfair ! annonça triomphalement Ewen.

Moïra haussa les sourcils. S'agissait-il, par hasard, de la petite rousse qui riait trop fort ?

« Je l'ai trouvée assez vulgaire. »

Elle préféra cependant ne pas faire part de son jugement à son frère.

— Tu l'as reconnue malgré son masque ? se contenta-t-elle de demander.

— Nous nous sommes isolés dans un petit salon… et elle l'a ôté juste pour moi.

— Avant minuit ? Cela ne se fait pas.

— Tant pis.

Ewen se remit à chantonner.

— Je suis amoureux ! J'ai trouvé la femme de ma vie !

— Déjà ? s'étonna Moïra. Tu vas vite en besogne… Comment est-elle ?

— Ravissante. Et c'est la fille d'un marquis !

Il se leva pour saluer lady Cunningham, qui venait de les rejoindre.

— La fille d'un marquis, cousin Ewen ?

— Oui, Mary-Ann de Kirkbride.

— Ah ! Les Kirkbride… fit lady Cunningham sans beaucoup d'enthousiasme.

— Vous semblez réticente, ma cousine, murmura Moïra. Vous n'estimez pas cette famille ?

— Les Kirkbride sont des gens parfaitement respectables. Mais le marquis a un passé aussi tumultueux que mystérieux.

Ewen eut un geste indifférent.

— Bah ! Comme, de toute manière, ce n'est pas lui que j'épouserai…

Lady Cunningham haussa les sourcils.

— Vous en êtes déjà à songer au mariage, Ewen ?

— Pourquoi pas ?

— Avec Mary-Ann de Kirkbride ?

— Elle est adorable.

— Hum !

Comment savoir si les Kirkbride étaient fortunés ? Moïra cherchait le moyen de se renseigner sans éveiller les soupçons de leur cousine. Car personne ne devait connaître leur désastreuse situation financière, et encore moins les raisons de leur présence à Londres.

Elle n'eut même pas besoin de poser de questions.

— Le marquis est richissime, déclara lady Cunningham, pensive. Mais comme son père était ruiné, tout le monde s'interroge sur l'origine de sa fortune.

Après avoir terminé ses œufs brouillés, Ewen déclara :

— Si vous voulez bien m'excuser, mesdames, je vais rendre visite à l'élue de mon cœur.

Après son départ, lady Cunningham secoua la tête avec indulgence.

— Ah ! La jeunesse...

— Que pensez-vous de Mary-Ann de Kirkbride, ma cousine ? demanda Moïra.

— Hum...

— Maintenant qu'Ewen n'est plus là, n'hésitez pas à me répondre franchement, insista la jeune fille.

Après avoir réfléchi pendant quelques instants, lady Cunningham déclara :

— En réalité, je la connais à peine. Cette demoiselle m'a cependant donné l'impression de beaucoup flirter. C'est ce que l'on appelle une allumeuse.

Moïra demeura silencieuse. Mais elle n'en pensait pas moins.

« À bord du *Bornéo*, Angus MacKinnon m'avait traitée d'allumeuse. Rien n'était plus inexact. Et si tout ce que l'on racontait au sujet de cette pauvre Mary-Ann n'était que calomnies ?

Le majordome fit à ce moment-là son entrée dans la salle à manger.

— Milady, deux vendeuses de chez Whiteley viennent d'arriver avec plusieurs modèles de robes qu'elles souhaitent faire essayer à Mlle Moïra.

La jeune fille sursauta.

— Quoi ? Mais...

Lady Cunningham lui tapota la main.

— Auriez-vous oublié que la comtesse de Backfield a promis de vous offrir des robes du soir pour remplacer celle qui a été abîmée hier ?

— Je... je ne peux pas accepter un tel cadeau.

— Si vous refusiez, la comtesse serait terriblement froissée.

En riant, lady Cunningham ajouta :

— Voyons, ma chère Moïra ! A-t-on jamais vu une jeune fille refuser une toilette neuve ?

Les vendeuses étaient venues avec une bonne douzaine de robes toutes plus somptueuses les unes que les autres. Moïra demeurait bouche bée devant cette débauche de soieries, de taffetas ou de mousselines arachnéennes.

— J'ai l'impression qu'elles devraient être à votre taille, mademoiselle, dit l'une des vendeuses. Si cela ne vous ennuie pas de les essayer, nous y apporterons ensuite les retouches éventuelles.

— Combien de robes Mlle de Lednock peut-elle choisir ? demanda lady Cunningham.

— Mais... toutes si elles lui plaisent, a dit la comtesse de Backfield.

— Je m'en voudrais d'exagérer ! s'exclama la jeune fille.

Elle jeta son dévolu sur trois modèles à la dernière mode. L'un en soie dont le vert rappelait celui de ses yeux. Le deuxième en tulle rose pâle. Quant au troisième, en surah ivoire, il était orné d'une multitude de rubans vert amande ou jaune citron, que ponctuaient des fleurs en petites perles ou en diamanté.

— Vous allez faire sensation ! assura lady Cunningham. Et on les dirait faites pour vous.

Elle s'approcha.

— Il suffira de les reprendre un peu à la taille pour qu'elles soient aussitôt mettables.

— Nous allons nous en charger immédiatement, dirent les vendeuses. Pouvons-nous nous installer dans la lingerie ?

— Bien sûr. Un valet va vous y conduire.

Elles partirent, chacune avec une robe sous le bras. Toujours vêtue de soie ivoire, Moïra tournoyait devant la glace, amusée de voir les rayons du soleil faire étinceler les fleurs en diamanté.

Ewen arriva sur ces entrefaites. Sa sœur s'attendait qu'il soit médusé par son élégance. Au lieu de cela, il ne lui prêta aucune attention. Il paraissait fou de rage.

— Cette Mary-Ann ! Quelle gourgandine !

— Ewen ! s'écria lady Cunningham, choquée.

— Quelle gourgandine, oui ! insista-t-il. Imaginez un peu… Elle m'avait presque supplié de lui rendre visite ce matin. Et quand je suis arrivé, je me suis aperçu, à ma grande stupeur, que je n'étais pas seul…

— Comment cela ?

— Figurez-vous qu'il y avait déjà huit jeunes gens qui attendaient en ligne dans le hall, un peu comme des domestiques au bureau de placement.

— Mais… qu'attendaient-ils ?

— Tout simplement d'être reçus par cette demoiselle.

— Est-ce possible ? s'exclama lady Cunningham, choquée.

— Et pendant ce temps, que faisait-elle, cette gourgandine ? reprit Ewen, plus furieux que jamais. Eh bien, elle n'avait rien trouvé de mieux à faire que d'aller se promener dans les magasins de Bond Street !

Il jura.

— Je me suis rendu tout bonnement ridicule.

— Tu n'as pas été le seul puisque d'autres se sont fait piéger, remarqua sa sœur. Tu n'es pas resté, j'espère ?

— Je suis immédiatement parti en claquant la porte.

— Et les autres ?

Ewen ricana.

— Ils sont restés, les imbéciles.

Discrètement, lady Cunningham sortit, laissant le frère et la sœur en tête à tête. Ce fut seulement à ce moment-là qu'Ewen s'aperçut que sa sœur portait une robe neuve.

— Tu es d'une élégance ! Que se passe-t-il ?

— Comme, à cause d'Angus MacKinnon, ma robe avait été déchirée et tachée de boue, la comtesse de Backfield a tenu à m'offrir quelques toilettes pour me faire oublier le déplaisant incident. Je vais lui écrire pour la remercier.

Ewen parut choqué.

— Quoi ? Mais tu ne peux pas accepter !

— Je voulais refuser, mais notre cousine Suzan m'a dit que la comtesse se vexerait si j'agissais ainsi.

— Oui, probablement… admit son frère après un instant de réflexion.

Il laissa échapper un rire bref.

— Moi, je n'ai pas eu de chance, mais toi, si. Des robes neuves grâce à MacKinnon !

— Ne me parle plus de cet homme, je t'en prie.

— Tu vas avoir un succès fou.

« Je ne veux pas avoir de succès. Je ne veux pas danser avec des inconnus. Je ne veux pas me marier… »

La jeune fille pensa soudain à Basil et les larmes lui vinrent aux yeux.

— Pourquoi es-tu triste ? s'étonna Ewen. C'est moi qui devrais l'être, après une pareille histoire !

— Tu ne l'es pas ?

— Pas du tout. Je suis furibond !

Ewen prit les mains de sa sœur.

— Mais toi, insista-t-il. Pourquoi pleures-tu ?

Elle s'essuya les yeux d'un geste brusque.

— Je ne pleure pas.

— Si. Que t'arrive-t-il ?

— Je voudrais retourner à Lednock.

— Maintenant que tu as d'aussi jolies robes ? Ce serait bien bête. Je t'assure que tu feras sensation au prochain bal.

— Je déteste Londres.

Moïra se mit à sangloter.

— Et la seule idée de devoir séduire un homme parce qu'il est riche me rend malade. Je ne veux pas me vendre au plus offrant. Il n'y a rien de plus horrible !

— Peut-être tomberas-tu amoureuse d'un séduisant millionnaire ?

Elle était amoureuse, justement. Mais pas d'un millionnaire ! À cette pensée, ses sanglots redoublèrent.

— Pourquoi dois-je me sacrifier ?

Avec gravité, Ewen déclara :

— Parce que c'est ton devoir. Tout comme le mien. Nous devons aider nos parents dans la terrible épreuve qu'ils traversent. J'avais trouvé une solution, je pensais avoir ton plein soutien. Ce n'est donc plus le cas ?

Confuse, la jeune fille se prit le visage entre les mains.

— Comme je suis égoïste. Pardon, Ewen ! Tu fais de ton mieux et je me conduis comme une enfant capricieuse.

Elle réussit à sourire bravement.

— Je suis navrée que cela se soit passé aussi mal chez Mary-Ann de Kirkbride. Es-tu toujours amoureux d'elle ?

— Tu veux rire ?

— Ce n'était donc pas bien sérieux, conclut-elle. Ne t'inquiète pas, mon cher Ewen ! De nombreuses débutantes semblent te trouver à leur goût. Parmi elles, tu vas certainement faire la connaissance d'une adorable jeune fille dont tu tomberas *vraiment* amoureux.

— Et toi d'un charmant jeune homme. Tu es jolie, intelligente, cultivée... Tu ne devrais avoir que l'embarras du choix parmi de nombreux prétendants.

« Pour moi, il n'y aura jamais que Basil Weston », se dit Moïra.

Une dizaine de jours s'écoulèrent. Ewen était toujours très entouré. Quant à Moïra, maintenant qu'elle n'était plus vêtue comme une provinciale pauvre, elle avait infiniment plus de succès.

Aucun des messieurs qui lui faisaient la cour ne trouvait cependant grâce à ses yeux.

Contrairement à ses promesses, Basil ne lui avait pas encore écrit. Le comte et la comtesse de Lednock ne s'étaient pas davantage manifestés, ce qui commençait à inquiéter la jeune fille.

— Ne trouves-tu pas étrange de ne pas recevoir de nouvelles de nos parents ? demanda-t-elle à son frère.

— Pas vraiment.

— Je leur ai envoyé une lettre dès notre arrivée à Londres mais n'ai pas encore reçu de réponse.

— Cela ne me surprend pas. Père déteste prendre la plume. Et comme il ne se passe pas grand-chose là-bas, mère n'a rien à nous raconter.

Un matin, lady Cunningham demanda discrètement à Moïra si son frère songeait à se marier. La jeune fille ne jugea pas utile de le nier.

— Il y pense car il est très conscient de son devoir. N'est-il pas le dernier des Lednock, après père ? Il faut absolument qu'il ait un ou – mieux ! – plusieurs héritiers.

— Il serait trop dommage qu'un si beau titre tombe en désuétude. Et qu'adviendrait-il alors du château ?

« Mon Dieu ! Si elle savait... »

Moïra réussit à déclarer d'un ton enjoué :

— Je n'en ai aucune idée. Mais nous n'en sommes pas là ! Mon père est toujours de ce monde, grâce au ciel. Quant à Ewen, il est de constitution si robuste qu'il deviendra au moins centenaire.

Lady Cunningham éclata de rire.

— Espérons-le pour lui ! J'aurais pensé, voyez-vous, qu'il aurait préféré épouser une jeune Écossaise. Une femme habituée à vos rudes climats et à vos paysages magnifiques, certes, mais fort austères. Les Londoniennes sont souvent futiles. D'ailleurs, son expérience avec Mlle de Kirkbride aurait dû le faire comprendre à Ewen.

Lady Cunningham sourit à la jeune fille.

— Et vous, ma chère cousine ? Cherchez-vous également « chaussure à votre pied » ?

Moïra se sentit rougir.

— Pas vraiment. Je n'ai que dix-huit ans et ma mère estime que j'ai bien le temps de me marier.

— Elle a raison. Attendez de trouver votre prince charmant avant de vous décider.

« Je l'ai trouvé », pensa Moïra.

Et, de nouveau, elle eut envie de pleurer.

Moïra et lady Cunningham se trouvaient seules au salon quand le majordome fit son entrée avec un plateau d'argent sur lequel était posé le courrier de l'après-midi. Il avait déjà dû le classer et porter les factures au secrétaire, car seules deux enveloppes se voyaient sur le plateau.

Il s'inclina devant la maîtresse de maison.

— Milady, la première missive vous est adressée.

— Merci, Berbridge, dit lady Cunningham.

Elle laissa échapper une exclamation.

— Mon Dieu ! Un faire-part de décès !

Après avoir retourné l'enveloppe bordée de noir, elle ajouta :

— Et il porte le cachet des Brampton !

Le majordome tendait maintenant le plateau à Moïra dont le cœur se mit à battre la chamade. Était-ce une lettre de Basil ?

Non, hélas ! Malgré tout, elle fut heureuse de reconnaître l'écriture de sa mère. Et comme la lettre était adressée à *Monsieur Ewen et Mademoiselle Moïra de Lednock*, elle décida d'attendre son frère pour l'ouvrir.

À l'aide d'un coupe-papier de vermeil, lady Cunningham décachetait le faire-part. Après l'avoir parcouru, elle pâlit.

— C'est terrible !

Le feuillet, lui aussi bordé de noir, tomba à ses pieds tandis qu'elle se mettait à pleurer.

— Quelle… quelle désolante nouvelle ! fit-elle entre deux sanglots.

Moïra courut près d'elle.

— Ma cousine, que se passe-t-il ?

Tout en s'essuyant les yeux, lady Cunningham déclara d'une voix hachée :

— Le yacht de l'un de nos meilleurs amis, le duc de Brampton, a fait naufrage. Tous ceux qui se trouvaient à bord ont péri noyés.

— Mon Dieu !

— Le duc est mort, ainsi que son fils James, un si charmant jeune homme…

— Il n'y a pas de survivants ? Même pas parmi les membres de l'équipage ?

— Même pas.

Après avoir visité le *Bornéo* de fond en comble, Moïra savait comment s'organisait la vie à bord d'un bateau.

— Personne n'a eu le temps de sauter dans les canots de sauvetage ? s'étonna-t-elle.

— Ce faire-part ne donne guère de détails. Apparemment, le feu aurait pris à la salle des machines et le bateau a sombré corps et biens en quelques minutes.

— Quel drame ! murmura la jeune fille.

Mais comme elle ne connaissait le duc de Brampton que de nom, elle se sentait forcément beaucoup moins touchée que lady Cunningham, qui venait de perdre des amis très chers.

Elle ramassa le faire-part et le posa sur les genoux de sa cousine. Puis elle tourna la lettre de sa mère entre ses doigts. Elle mourait d'envie de l'ouvrir…

« Je ne peux pas. Ce ne serait pas correct puisqu'elle est également adressée à Ewen. Il faut que j'attende mon frère. »

Son appréhension allait croissant. Et si cette lettre contenait, elle aussi, de mauvaises nouvelles ?

Lady Cunningham se leva.

— Excusez-moi, ma chère petite Moïra. Je vous laisse… Il faut que j'aille prévenir mon mari. Puis j'irai me reposer.

Restée seule, la jeune fille se mit à faire les cent pas.

« Pourquoi ne lirais-je pas la lettre de maman ? se demanda-t-elle. Ewen comprendra que je n'ai pas eu la patience d'attendre son retour. »

Elle avait déjà le coupe-papier en vermeil dans la main quand son frère, qui était allé monter à cheval à Hyde Park, fit son entrée au salon d'un air décontracté, tout en fouettant de sa cravache ses hautes bottes noires bordées d'une bande de cuir fauve.

— Tu as l'air bien soucieuse, ma petite sœur.

— Nous avons enfin reçu des nouvelles de Lednock !

— Ah ! Que se passe-t-il là-bas ?

— Je l'ignore. Je t'attendais...

Il eut un rire moqueur.

— Par moments, tu es trop bien élevée.

Puis son expression changea. Et ce fut avec une réelle angoisse qu'il répéta :

— Oui, que se passe-t-il là-bas ?

Sans façon, il décacheta l'enveloppe avec ses doigts et en tira un feuillet de vélin qu'il parcourut en hâte.

— Alors ? demanda Moïra d'une voix presque inaudible.

Ewen soupira.

— Tout va mal.

— Mon Dieu !

— Père refuse toujours de se lever. Il mange de moins en moins et a beaucoup maigri. Selon mère, il est en train de se laisser mourir de chagrin.

— Oh, non !

Ewen soupira.

— Hélas !

D'un ton dur, il poursuivit :

— Par ailleurs, les délais que nous avions demandés pour établir l'inventaire n'ont pas été acceptés par la banque américaine. Un avocat a été chargé de s'en occuper. Mère l'attend d'un jour à l'autre. Il va fouiner dans tous les coins...

Avec désespoir, il conclut :

— Cela signifie que la banque veut récupérer son argent le plus vite possible. Mère pense que le château sera bientôt mis aux enchères.

La jeune fille se tordit les mains.

— Ewen, nous ne pouvons pas permettre cela !

— Il n'existe qu'une solution, lança-t-il d'un ton dur.

— La… laquelle ?

— Tu le sais parfaitement. Dépêche-toi d'épouser un barbon riche à millions. De mon côté, je prétendrai être amoureux d'une héritière.

Moïra se prit la tête entre les mains.

« Un barbon riche à millions ! Quelle horreur ! Oh ! Basil… Mon Basil ! »

Le lendemain matin, lord et lady Cunningham partirent pour le château de Brampton, dans le Hampshire. Les obsèques devaient être célébrées en fin de semaine.

En embrassant Moïra, lady Cunningham déclara :

— Ne vous laissez pas attrister par tout cela. Après tout, vous ne connaissiez pas le duc de Brampton et rien ne vous empêche d'aller danser. J'ai d'ailleurs reçu de nombreuses invitations à votre intention. Elles s'empilent sur mon secrétaire, Berbridge vous les donnera. Amusez-vous, profitez de votre séjour à Londres. Considérez cette maison comme la vôtre et si vous voulez sortir, n'hésitez pas à demander que l'on attelle une voiture.

— Vous êtes trop gentille, fit Moïra avec reconnaissance.

— Quand pensez-vous revenir ? demanda Ewen.

— Pas avant la semaine prochaine.

Après le départ de ses maîtres, Berbridge leur apporta toute une pile de cartons gravés.

— Je vois que les bals et les réceptions se succèdent ! s'exclama Ewen avec satisfaction. Nous allons pouvoir sortir tous les soirs.

Mais quelques heures plus tard, des lettres décommandant ces invitations arrivèrent, car tous ceux qui faisaient partie de la haute société tenaient à se rendre à Brampton.

Ewen se prit la tête entre les mains.

— Pour nous, c'est dramatique, conclut-il. Tout le monde connaissait le duc de Brampton. Londres va devenir une ville fantôme pendant quelques jours.

Moïra pinça les lèvres.

— Conclusion : ce n'est pas en restant ici que tu rencontreras la femme de ta vie.

— Dis plutôt la fortune de ma vie.

— Ewen ! Ne sois pas cynique à ce point !

Il jura.

— Et Noël approche...

— Ce n'est pas une raison pour jurer.

— Tu ne te rends pas compte ! Je parie que la plupart des fêtes prévues seront annulées à cause de la mort du duc de Brampton.

— Nous verrons bien.

— La situation est grave. Si nous ne réussissons pas à nous marier dans les plus brefs délais, nous pouvons dire adieu au domaine. Et sais-tu ce qui se passera alors ? Nos parents se retrouveront à l'hospice, tu deviendras gouvernante ou institutrice. Quant à moi, je n'aurai plus qu'à m'engager dans l'armée.

— Ne vois pas tout en noir.

— Que vois-tu en rose, toi, s'il te plaît ? riposta-t-il d'un ton dur.

Elle soupira.

— Pas grand-chose...

Les jours se traînèrent, plus mornes les uns que les autres. Moïra dévorait, l'un après l'autre, tous les ouvrages de la bibliothèque des Cunningham. Il lui arrivait aussi d'aller flâner dans les magasins, mais comme elle n'avait pas le moindre penny à dépenser, de telles promenades n'avaient guère d'intérêt.

Quant à Ewen, il montait à cheval tous les matins.

— Et ils appellent cela de l'exercice !

— Ce n'en est pas ?

— Peuh ! Aller au petit trot dans les allées en soulevant à chaque instant son chapeau... cela ne me convient guère. Ah ! Donnez-moi les landes écossaises où l'on peut galoper à bride abattue !

Il se mit à marcher de long en large.

— Que pourrions-nous faire pour nous distraire un peu ? As-tu une idée ?

— Si nous allions prendre le thé chez Fortnum & Mason ?

— Pfff ! Au milieu de vieilles dames qui papotent ? Désolé, je ne suis pas une douairière.

— Tu sais, on trouve beaucoup plus de débutantes que de douairières au salon de thé de Fortnum & Mason.

Ewen hocha la tête d'un air entendu.

— Ah, ah ! Je vois où tu veux en venir. Tu n'es pas bête, Moïra, fit-il, amusé.

Ils commandèrent une voiture pour se rendre dans la célèbre épicerie de luxe – le Fauchon britannique.

Moïra ne s'y était pas trompée : il y avait foule dans cet élégant salon de thé. Elle consulta le menu avec gourmandise.

— Veux-tu des gâteaux, Ewen ?

Son frère ne répondit pas : il était bien trop occupé à examiner ceux qui les entouraient.

— Je ne vois personne que je connais, murmura-t-il. Ah, si ! Là-bas, à la table du coin. Tu vois lord Kinross ?

Moïra suivit le regard de son frère et vit un homme d'une cinquantaine d'années au teint couperosé, encadré par deux jeunes filles. Si l'une avait le visage assez ingrat, l'autre était absolument ravissante.

— Lord Kinross ? Je ne le connais seulement que de nom.

— J'ai eu l'occasion de le rencontrer plusieurs fois à Édimbourg et nous avons sympathisé. Il faut absolument que j'aille lui présenter mes respects.

— Qui sont les demoiselles qui l'accompagnent ?

— Je n'en ai aucune idée. Raison de plus pour me montrer.

— Ewen, tu es incorrigible.

— J'ai une mission à remplir : sauver le château.

Il baissa la voix.

— Il faut que tu saches ceci : lord Kinross est veuf... et très riche.

— Je t'en prie, Ewen ! fit la jeune fille en frissonnant.

— Tu viens le saluer ?

— Non. Je viens de te dire que je ne le connaissais pas.

— Comme tu peux être guindée !

Agacé, Ewen se leva et traversa la salle pour rejoindre la table de lord Kinross.

Il revint quelques minutes plus tard.

— Lord Kinross nous invite à prendre le thé avec lui, annonça-t-il, ravi.

Comme personne n'était encore venu prendre leur commande, Moïra ne pouvait pas refuser. Ce fut cependant sans beaucoup d'enthousiasme qu'elle accompagna son frère.

— Moïra, ma sœur, annonça Ewen. Moïra, voici lord Kinross, sa fille et une amie. Excusez-moi, mesdemoiselles, mais je n'ai pas saisi vos noms.

— May Kinross, dit aussitôt l'une d'elles – la moins jolie.

« Mais quel sourire chaleureux ! » pensa Moïra.

Son amie, une très jolie blonde aux yeux bleus, sourit à son tour.

— Quant à moi, je suis Emily Tickton.

Une jeune personne n'était pas censée se présenter avec une telle simplicité. Et, comme effrayée par son audace, elle baissa les yeux.

« Elle est adorable », pensa Moïra.

Cela semblait d'ailleurs être l'avis de son frère.

Lord Kinross se mit à parler haut et fort de son dernier séjour à Paris.

— Croyez-moi, on sait s'amuser là-bas !

— Les musées sont fantastiques, dit Moïra. Je rêve de visiter le Louvre.

— Les musées, soit ! fit lord Kinross avec une grimace. Je les connais par cœur...

Il adressa un clin d'œil à Ewen.

— Vous devriez faire un tour là-bas, mon jeune ami. Ah, les Folies-Bergère, le Moulin-Rouge, les bals populaires où des petites femmes peu farouches dansent le french cancan en retroussant bien haut leurs jupons...

Moïra ne put s'empêcher de rougir en entendant cela. Et elle s'aperçut qu'Emily était elle aussi devenue écarlate. En revanche, la fille de lord Kinross qui, à l'instar de son père, ne semblait pas avoir froid aux yeux, éclata de rire.

— Vous êtes donc venus tous les deux pour la saison à Londres ? interrogea lord Kinross. Moi qui pensais qu'il était impossible de sortir Ewen de son Écosse natale...

— Cela m'arrive quelquefois, déclara le jeune homme. La preuve ! Où séjournez-vous à Londres, cher ami ? Chez des amis ou à votre club ?

Lord Kinross se rengorgea.

— Je possède une maison tout près de Hyde Park. Et vous, mon cher Ewen ? Avez-vous un pied-à-terre à Londres ?

— Non. Nous avons été très gentiment reçus par nos cousins, lord et lady Cunningham.

— Des gens charmants, assura lord Kinross d'une voix tonitruante. Avez-vous l'intention de retourner à Lednock pour Noël ?

— Je ne le sais pas encore.

L'arrivée d'un serveur avec le chariot des pâtisseries fit diversion.

« Cela m'étonnerait qu'Ewen et moi ayons réussi avant la fin de l'année à nous "caser", comme l'aurait dit ma Nanny », pensa Moïra avec amertume.

Au contraire de sa sœur, Ewen ne semblait pas du tout horrifié à la perspective de faire un mariage d'argent.

« Il n'a qu'un seul but dans la vie : garder le château. S'il parvenait à faire un beau mariage, je ne serais peut-être pas obligée de me sacrifier ? » se dit la jeune fille.

Elle s'en voulut aussitôt de son égoïsme. N'était-elle pas, elle aussi, censée sauver le domaine et l'honneur de son père ?

Lord Kinross avala d'une bouchée un chou à la crème avant de déclarer :

— Il faut absolument que vous veniez tous les deux à la petite réception que j'organise demain soir.

Ewen se tourna vers Emily.

— Serez-vous là ?

— Oui.

— Un petit dîner sans façon, reprit lord Kinross de sa voix claironnante. Je fête mes fiançailles.

Moïra se sentit immédiatement soulagée. Au moins, son frère ne la pousserait pas à épouser cet homme que, dès le premier instant, elle n'avait pas trouvé spécialement sympathique. En revanche, elle serait volontiers devenue l'amie d'Emily.

— Félicitations, dit automatiquement Ewen. Qui est l'heureuse élue ?

— Célia Trelawney, la jeune veuve d'un banquier. Elle a hérité d'une énorme fortune. Elle est jolie, amusante...

Moïra remarqua, étonnée, que lord Kinross avait d'abord parlé de la situation matérielle de sa fiancée avant de dire qu'elle était jolie.

« L'argent compte tellement, pour certaines personnes, pensa-t-elle, un peu écœurée. Et l'amour, dans tout cela ? »

— Mais elle ne sera pas là demain, termina lord Kinross.

Ewen haussa les sourcils.

— Mais... je pensais que ce dîner était organisé en l'honneur de vos fiançailles.

— Nous formons un couple très moderne. Célia est allée passer quelques jours à Paris chez son frère. Elle souhaite acheter des toilettes à la dernière mode de Paris.

Le rire tonitruant de sir Kinross retentit de nouveau.

— Je profite de son absence pour enterrer ma vie de garçon.

Moïra était sidérée. Comment cet homme osait-il parler aussi librement devant de jeunes personnes ? Se trouvait-elle devant l'un de ces bons vivants qui se moquaient des conventions et adoraient « choquer le bourgeois » ?

Malgré ce vernis de vulgarité qu'il affectait par snobisme, Moïra comprit très vite que lord Kinross était en réalité un homme cultivé qui appréciait les arts autant que la musique et la littérature.

Après avoir passé une bonne demi-heure à sa table, elle jugea le moment venu de prendre congé et se leva.

— C'était très agréable de prendre le thé en votre compagnie, mais nous devons vous laisser maintenant...

— Déjà ? s'exclamèrent son frère et Emily d'une seule voix.

— Il nous faut rentrer, Ewen, fit-elle d'un petit ton raisonnable.

— Pourquoi êtes-vous si pressée ? demanda lord Kinross.

— Nos cousins, les Cunningham, ont peut-être envoyé de leurs nouvelles, prétendit-elle.

— Ils sont en voyage ?

— Un triste voyage ! Ils ont dû se rendre dans le Hampshire pour les obsèques d'un de leurs amis.

— Vraisemblablement celles du duc de Brampton et de son fils, murmura Emily. Quelle tragédie !

Sans enthousiasme, Ewen prit congé de lord Kinross. Puis il prit la main d'Emily entre les siennes et la garda un peu plus longtemps que ne le voulait la bienséance.

— J'ai hâte d'être à demain pour vous revoir, fit-il très bas.

En guise de réponse, elle lui adressa le plus doux des sourires.

« Ces deux-là viennent à peine de faire connaissance mais semblent déjà conquis, se dit Moïra. Est-ce cela, le coup de foudre ? »

Dans la voiture qui les ramenait chez les Cunningham, Ewen s'exclama :

— Moïra, tu as eu une idée merveilleuse quand tu as insisté pour prendre le thé chez Fortnum & Mason.

— Tu vois ! Tu devrais m'écouter plus souvent.

Avec un petit rire, elle ajouta :

— Emily Tickton est bien jolie, n'est-ce pas ?

— Jolie ? Elle est belle, elle est exceptionnelle, elle est... Oh, je ne trouve pas de mots pour la décrire.

As-tu remarqué ses yeux ? Ils sont d'un bleu extraordinaire. On a envie de plonger dedans, de s'y noyer, de…

Moïra se remit à rire.

— Serais-tu déjà amoureux ?

— Un peu…

— Et tu sembles lui plaire.

Avec gravité, la jeune fille poursuivit :

— Ne t'emballe pas trop. Aurais-tu déjà oublié Mary-Ann de Kirkbride ?

— Oh, non !

— Au moins, Mary-Ann de Kirkbride était très riche. Et Emily Trickton ? Est-ce aussi une héritière ?

— Je n'en sais rien, avoua piteusement le jeune Écossais.

— Dans ce cas, ne rêve pas trop, fit sa sœur avec sévérité.

Les sourcils froncés, Ewen réfléchissait tout haut.

— Les Cunningham ne devraient pas tarder à revenir. Je suis sûr que notre cousine Suzan, qui connaît tout le monde, saura nous renseigner au sujet de la famille Tickton.

À peine étaient-ils de retour qu'ils entendirent le roulement d'une voiture. Tous deux se précipitèrent à la fenêtre pour voir la confortable berline de voyage de leurs cousins s'arrêter devant le perron.

Lady Cunningham sourit en voyant Ewen et Moïra dans le hall.

— Comme c'est gentil de venir nous accueillir !

— La maison paraissait bien triste sans vous.

Après avoir salué ses jeunes cousins, lord Cunningham se rendit dans son bureau, où il passait la plus grande partie de son temps, tandis que sa femme se dirigeait vers le salon.

— Berbridge, pouvez-vous demander que l'on nous serve du thé, s'il vous plaît. Ma petite Moïra, venez me raconter tout ce que vous avez fait de beau pendant mon absence.

— Pas grand-chose, avoua la jeune fille.

— Comment cela ? s'étonna-t-elle. Berbridge ne vous a pas remis les invitations ?

— Si, répondit Ewen, mais elles ont toutes été annulées.

— Oh ! Je n'avais pas pensé à cela. Tous les gens qui comptent tenaient forcément à se rendre aux funérailles du duc de Brampton.

Tout en s'éventant, lady Cunningham poursuivit :

— Cela fait plaisir de voir des visages souriants après toutes ces têtes d'enterrement.

Elle mit la main devant sa bouche.

— Excusez-moi, je suis un peu fatiguée, je ne sais plus ce que je dis.

— Allez vous reposer, ma cousine.

— Non, je préfère bavarder un peu, cela me changera.

Elle leva les yeux au ciel.

— Mon mari, comme vous le savez, est très taciturne. Et – vous vous en doutez ! – les gens qui assistaient à cette triste cérémonie n'étaient pas d'humeur à potiner.

D'un air soucieux, elle enchaîna :

— Le principal sujet de conversation était celui-ci : qui allait hériter du titre, des domaines et de la fortune des Brampton ? Eh bien, figurez-vous que personne ne le savait. Une personne bien informée nous a appris que tout reviendrait à un cousin lointain. Mais je me méfie des révélations faites par les personnes bien informées ! En général, elles n'en savent pas plus que les autres… mais ne manquent pas d'imagination.

Avec un geste indifférent de la main, elle poursuivit :

— Ne parlons plus de tout cela. C'est trop déprimant. Quelles sont les dernières nouvelles de Londres ?

— Comme je viens de vous le dire, ma chère cousine, toutes les réceptions ont été annulées.

— Bah, ne vous inquiétez pas pour cela. Je parie que la saison reprendra son cours dès demain. Vous n'êtes donc pas sortis ?

Elle examina Moïra.

— Vos yeux brillants, vos joues roses... Ma chère cousine, vous avez l'air spécialement heureuse. Dites-moi vite ! Auriez-vous, par hasard, rencontré un séduisant jeune homme ?

— Ah, non ! En revanche, cette après-midi, Ewen a fait la connaissance d'une demoiselle qui semble lui plaire beaucoup.

Lady Cunningham, qui adorait les commérages, se tourna vers Ewen.

— Racontez-moi tout !

Un peu mal à l'aise, Ewen marmonna :

— Nous avons seulement pris le thé ensemble chez Fortnum & Mason. Je ne sais pratiquement rien d'elle, sinon que...

Il prit une profonde inspiration avant de lancer d'un trait :

— Sinon qu'elle est jolie, charmante, spirituelle...

— Oh, oh ! Notre Ewen semble déjà conquis, fit lady Cunningham en riant. Comment s'appelle cette perfection ?

— Emily Tickton. C'est une amie de la fille de lord Kinross.

— Ah !

— Connaissez-vous les Tickton, cousine Suzan ? demanda Moïra en s'efforçant de cacher son anxiété.

— Vaguement. Des nouveaux riches... mais très sympathiques. Edward Tickton a fait fortune en important des épices des Indes, du Siam et même de Chine. C'est également un armateur et je crois qu'il possède des usines dans le nord du pays. Emily est sa fille unique.

« Voilà de bien bonnes nouvelles », pensa Moïra.

— Mais elle a presque vingt-deux ans, ajouta lady Cunningham.

La jeune fille haussa les sourcils.

— Riche, jolie... et pas encore mariée ?

— Elle a été gravement malade.

Moïra se mordit la lèvre inférieure presque au sang.

— Elle a très bonne mine, pourtant...

— Je me suis mal exprimée. Il ne s'agissait pas d'une véritable maladie. Cette pauvre Emily montait un pur-sang qui s'est emballé.

— Oh ! Une chute de cheval ?

— Oui. Quelques mauvaises fractures... Grâce au ciel, les spécialistes qui l'ont soignée ont fait des merveilles. Tout a été si bien réparé que nul ne devinerait jamais qu'elle a eu une jambe cassée en plusieurs endroits. Il paraît qu'elle court aussi vite et peut-être mieux que vous et moi.

Lady Cunningham éclata de rire.

— Plus vite que moi, certainement. Plus vite que vous, je n'en sais rien...

Elle termina sa tasse de thé.

— Et maintenant, si cela ne vous ennuie pas, je vais aller me reposer un peu. Avez-vous quelque chose de prévu ce soir ?

— Nous sommes invités à dîner par lord Kinross, répondit Ewen.

— Votre Emily sera là ?

— Elle me l'a promis.

— Bonne chance, jeune homme ! Espérons qu'il n'y a pas d'autres prétendants sur les rangs.

— Pas autant que chez Mary-Ann de Kirkbride, j'espère, fit Ewen à mi-voix.

Il attendit que lady Cunningham ait quitté le salon pour prendre sa sœur dans ses bras et la faire tournoyer follement.

— La Providence nous sourirait-elle enfin ?

— Tu le mérites.

— Maintenant, parlons sérieusement, Moïra.

— Comment cela ?

— Je ne suis pas aveugle, tu sais. Je me rends compte que tu ne souhaites pas te marier. Du moins, pas tout de suite.

Elle baissa la tête.

— Tu m'as dit que nous devions nous sacrifier pour sauver le château.

— Si j'épouse Emily, ce ne sera pas un sacrifice, crois-moi ! Cela te permettra d'attendre tout le temps qu'il faudra. Et un jour, avec un peu de chance, tu rencontreras à ton tour ton prince charmant…

— Mais…

— Pas de discussion.

Moïra se sentit cependant obligée d'insister.

— Mais si les choses ne tournent pas comme tu l'espères avec Emily ?

— Alors, nous aviserons. Mais je sens, je sais que c'est la femme de ma vie. Ma moitié d'orange.

— Tu avais dit à peu près la même chose pour Mary-Ann de Kirkbride, lui rappela sa sœur.

— Pas vraiment. Nous venions d'arriver à Londres, je me suis laissé éblouir… Si j'avais été dans mon état normal, jamais je n'aurais ainsi perdu la tête.

Il déposa un léger baiser sur le bout du nez de Moïra.

— Te voilà libérée. Tu n'as plus besoin, pour le moment, de chercher un mari fortuné.

« Je ne suis pas obligée de dire adieu pour toujours à Basil Weston ? se dit la jeune fille, le cœur battant à tout rompre. Il y a donc un peu d'espoir ? »

Oh, comme elle avait hâte de retourner à Lednock, de retrouver le *Bornéo* et son séduisant capitaine !

7

Le lendemain matin, Moïra accompagna sa cousine dans les magasins dont toutes les vitrines étaient déjà décorées pour Noël.

La jeune fille demeurait silencieuse, ce qui surprit lady Cunningham.

— Vous ne trouvez pas cela joli ?

— Si, cousine Suzan.

— Depuis mon retour, je vous trouve un peu triste. Que vous arrive-t-il ?

— Rien du tout, prétendit la jeune fille.

En réalité, Basil Weston occupait toutes ses pensées. Le reverrait-elle bientôt ? Si du moins elle le revoyait un jour...

Car en admettant qu'Ewen épouse Emily et que tous leurs problèmes financiers se trouvent résolus par miracle, peut-être souhaiterait-il retourner à Lednock par un autre moyen ?

Certes, le *Bornéo* était confortable, mais il existait des bateaux infiniment plus luxueux qu'un cargo. Par ailleurs, si Emily était sujette au mal de mer, peut-être préférerait-elle le train ?

« De toute manière, nous n'en sommes pas là », pensa Moïra.

La voix de lady Cunningham la ramena à l'instant présent.

— Êtes-vous contente d'aller dîner chez lord Kinross ce soir ?

La jeune fille sourit.

— C'est Ewen qui est ravi. Quant à moi...

Sans réfléchir, elle ajouta :

— J'avoue ne pas avoir trouvé lord Kinross spécialement sympathique.

Lady Cunningham réfléchit pendant quelques instants.

— Il parle trop fort, il rit trop fort, je vous l'accorde. Mais à part cela, il a le cœur sur la main. Je n'ai jamais eu l'occasion d'aller chez lui. Mon mari et moi ne faisons pas partie du genre de personnes qu'il aime recevoir. De toute façon, même s'il m'avait envoyé un carton, j'aurais décliné l'invitation.

— Pourquoi ?

— Je me serais sentie mal à l'aise là-bas, et pourtant, il paraît que l'on s'amuse beaucoup... Ses réceptions n'ont rien de guindé.

— Ah, bon ? fit Moïra, intéressée malgré elle.

— Lord Kinross n'est pas très conventionnel et réussit à mélanger des gens de la haute société et des artistes. Vous verrez là-bas des peintres, des musiciens, des écrivains...

Lady Cunningham tapota gentiment la main de Moïra.

— Et qui sait ? Ce soir, peut-être ferez-vous la rencontre qui changera toute votre vie.

La jeune fille laissa échapper un petit soupir.

« Je l'ai déjà faite. Mais tout est si compliqué... »

Moïra mit l'une de ses robes neuves pour aller dîner chez lord Kinross. Vêtue à la dernière mode, elle devait reconnaître qu'elle se sentait infiniment plus sûre d'elle.

La voiture s'arrêta devant une maison très simple derrière laquelle on devinait un vaste jardin.

Avant de sonner, Ewen lui dit à mi-voix:

— Il vaut mieux que tu sois mise au courant: lord Kinross a une maîtresse.

— Une... une maîtresse?

— Ne prends pas cet air effaré. Tu n'as qu'à te conduire comme si c'était très naturel.

— Je... je n'ai jamais vu une maîtresse.

Ewen ne put s'empêcher de rire.

— Elles sont comme toutes les femmes.

— Et... et elle sera là ce soir?

— Puisque sa fiancée est en France, je le suppose.

— Comment peux-tu m'emmener dans une maison pareille? demanda la jeune fille avec reproche. Si maman apprenait cela, elle serait très choquée.

— Écoute, nous ne sommes pas en Écosse, fit Ewen avec agacement. À Londres, et encore plus à Paris, on a depuis longtemps jeté certaines conventions aux orties.

— Sa Majesté la reine Victoria serait horrifiée si elle savait qu'un lord...

— Mais elle ne le sait pas, coupa Ewen avec ironie.

— Tu es censé me protéger, lui rappela sa sœur. Et tu vas me faire côtoyer la maîtresse d'un homme marié!

— Tu sais, pour le moment, lord Kinross n'est que fiancé.

Ewen se remit à rire.

— Il serait temps que tu connaisses la vie, ma petite sœur. On cache beaucoup de choses aux jeunes filles, et je ne pense pas que ce soit pour leur bien.

— Si un jour je me marie, j'espère que mon époux me sera fidèle.

Ewen redevint sérieux.

— Si j'aime ma femme, je serai le plus fidèle des hommes.

— La… la maîtresse de lord Ewen est-elle mariée, elle aussi ?

— Cela m'étonnerait. C'est un modèle.

— Un modèle ?

— Oui. Elle pose pour les peintres.

— Toute… toute nue ?

— Évidemment.

Moïra se sentit pâlir.

— Ewen, je… je crois que j'aimerais mieux rentrer chez les Cunningham. Je ne vais pas être à ma place dans ce monde interlope.

— Ne dis pas de bêtises. Je suis sûr que tu vas beaucoup t'amuser. À condition, naturellement, de ne pas prendre un air pincé de petite oie blanche.

Dès qu'ils pénétrèrent dans un salon décoré à l'orientale, avec une profusion de bibelots chinois, d'éventails japonais, de paravents en laque et de brûle-parfums diffusant une étrange odeur capiteuse, Moïra se sentit ailleurs.

Quelle différence avec les soirées maniérées de la haute société ! Ici, tout le monde avait l'air à l'aise. Si tous les messieurs étaient en habit, la plupart des femmes ne respectaient guère la mode. Certaines ne portaient même pas de corset !

Lord Kinross vint à leur rencontre, les mains tendues.

— Mes amis écossais ! clama-t-il. Venez nous jouer un petit air de cornemuse et danser la gigue, cela mettra de l'ambiance !

— Désolé, mais j'ai laissé ma cornemuse à la maison, dit Ewen en riant.

Lord Kinross les quitta pour aller au-devant de nouveaux invités. Des peintres, vraisemblablement, car ils arboraient les insignes du rapin : pipe, lavallière et veste noire en épais velours côtelé.

Une jolie fille dont les longs cheveux sombres flottaient sur les épaules mit d'autorité une coupe de champagne dans les mains de Moïra. Elle était déguisée en odalisque, avec un pantalon bouffant en soie rayée d'or.

Moïra remarqua avec stupeur qu'elle était pieds nus et que plusieurs bracelets de cuivre cliquetaient à ses chevilles.

Elle se rapprocha de son frère.

— Est-ce… est-ce la maîtresse de lord Kinross ? interrogea-t-elle d'une voix presque inaudible.

Ewen éclata de rire.

— Non. La maîtresse de notre hôte est là-bas, accoudée à une colonne en albâtre que surmonte un palmier en pot.

Moïra attendit quelques instants avant de jeter un coup d'œil en direction de l'endroit indiqué. Elle vit une grande femme brune aux yeux de braise, coiffée d'un chignon orné de plumes d'autruche rouge vif. Elle portait une longue tunique de style grec en lamé or sur laquelle étincelaient au moins une demi-douzaine de colliers fantaisie tous plus longs les uns que les autres.

— J'ai l'impression d'être au théâtre, dit la jeune fille.

— Ma foi, c'est un peu cela, admit son frère.

Il regarda autour de lui.

— Mais où est Emily ? Elle m'avait pourtant promis de venir.

Juste au moment où il disait cela, Emily apparut en compagnie de son amie May, la jeune fille de la maison.

Vêtue d'une robe en mousseline de soie jaune pâle, Emily paraissait plus jolie que jamais. Comme hypnotisé, Ewen s'avança vers elle, oubliant sa sœur.

Loin de se vexer, Moïra eut un sourire indulgent.

« Il a vraiment l'air amoureux. Je ne l'ai jamais vu ainsi. »

Elle recula de quelques pas pour mieux observer le spectacle. Cette soirée ne ressemblait en rien à celles auxquelles elle avait pu assister, que ce soit à Édimbourg comme à Londres.

« Certes, c'est assez choquant... Mais qui suis-je pour juger ? Chacun vit comme il l'entend, et ceux à qui cela ne plaît pas n'ont qu'à détourner la tête. »

Ewen et Emily étaient allés s'asseoir un peu à l'écart, derrière une tenture de soierie exotique drapée autour de serpents et de dragons en cuivre.

« J'avais lu que l'orientalisme était à la mode dans certains cercles, mais c'est la première fois que je vois un salon pareil, pensa la jeune fille. En fin de compte, Ewen a raison : c'est amusant. »

Derrière elle, plusieurs femmes discutaient. Soudain, l'une d'elles déclara d'une voix coupante :

— Je sais pourquoi il nous invite. C'est uniquement dans le but de nous scandaliser.

— Bah ! Moi, je trouve cela plutôt drôle.

— Regardez ce piano ! Honteux !

Moïra se tourna vers le grand piano à queue. Il n'était pas, comme le voulait la règle, caché par un châle en cachemire, ni orné de candélabres ou de bouquets de glaïeuls.

— On n'exhibe pas un piano ainsi, décréta l'une des bavardes d'un ton péremptoire.

— Que pensez-vous de tout cela, mademoiselle ? demanda une autre, en s'adressant à Moïra.

— Je suppose que, dans cette maison, le piano n'est pas traité en objet décoratif, suggéra la jeune fille. S'il est ouvert, c'est parce qu'on l'utilise comme instrument de musique.

— Peuh ! Nous ne sommes pas dans une salle de concert !

L'une des femmes s'écria :

— Vous êtes la sœur d'Ewen de Lednock !

— C'est cela.

— La fille du comte de Lednock ! Une Écossaise !

Emportée par l'ambiance peu conventionnelle, Moïra s'entendit rétorquer avec esprit :

— Autant dire un oiseau rare.

Après cela, elle fut littéralement bombardée de questions au sujet de l'Écosse. Ces dames du monde, qui ne connaissaient pas son pays, voulaient tout savoir, depuis le whisky jusqu'aux plats typiques, en passant par les lochs, les cornemuses et les kilts.

Leur intérêt paraissait sincère, et Moïra leur répondit très volontiers. Puis, insensiblement, la conversation dériva.

— Êtes-vous allée à l'enterrement du duc de Brampton et de son fils ? demanda l'une de ces dames à une autre.

— Non, mais ma sœur a tenu à s'y rendre.

— Quelle tragique histoire !

— Qui est le nouveau duc ?

— Je crois qu'il est écossais. Peut-être le connaissez-vous, mademoiselle de Lednock ?

— Je ne le pense pas.

— Comment s'appelle-t-il, déjà ? On me l'a dit, pourtant ! Oh, ma pauvre tête ! Je n'ai aucune mémoire.

— Êtes-vous sûre qu'il soit écossais ? demanda Moïra.

— J'en mettrais ma main à couper. Mais, curieusement, son nom est typiquement britannique. Il paraît que Kinross l'a invité.

— Oh, nous allons voir le nouveau duc ? s'écria une curieuse.

— Si du moins il vient. Après tout, il est en grand deuil.

— Peuh ! Il connaissait à peine le défunt duc, et pas davantage son fils.

Moïra s'éclipsa discrètement et alla rejoindre son frère et Emily qui s'entretenaient à mi-voix.

— Excusez-moi de vous déranger... commença-t-elle.

— Quelle idée ! s'exclama Emily.

— Tu sais bien que tu ne me déranges jamais, assura Ewen.

— Je viens d'apprendre une nouvelle qui t'intéressera peut-être. Il paraît que le nouveau duc de Brampton est écossais.

— Qui a dit cela ?

— Ces dames, là-bas, parlaient de lui. Elles ont même prétendu qu'il viendrait ici ce soir.

— Je me méfie des ragots colportés par les commères.

— Elles semblaient certaines de ce qu'elles avançaient. Si c'est un Écossais, nous le connaissons peut-être.

— Il y a de bonnes chances pour cela. Comment s'appelait-il avant de devenir duc ?

— Elles n'arrivent pas à s'en souvenir.

Ewen eut un geste indifférent.

— Bah ! Cela se saura vite.

Après le dîner, des musiciens jouèrent quelques quatuors de Haydn et de Beethoven. Moïra était ravie.

« J'apprécie les valses de Vienne, mais ces quatuors sont une pure merveille ! » pensa-t-elle en applaudissant avec chaleur les musiciens qui saluaient après avoir joué un dernier morceau en « bis ».

Quant au nouveau duc de Brampton, il ne s'était toujours pas montré.

« Il ne viendra probablement pas... et de toute manière, je m'en moque ! J'aimerais mieux voir Basil. Un rêve impossible, hélas ! »

Juste au moment où elle se disait cela, le jeune capitaine du *Bornéo* fit son entrée. Une entrée fort discrète car, dans cette maison qui ne ressemblait à aucune autre, il n'y avait pas de majordome pour annoncer les visiteurs.

Moïra demeura pendant quelques instants médusée, tandis que son cœur battait à tout rompre. Si elle s'était écoutée, elle se serait précipitée vers lui. Elle réussit à ne pas se comporter comme un jeune chien fou. Car même si les invités de lord Kinross n'étaient guère conventionnels, qu'auraient-ils pensé d'un tel comportement ?

Lord Kinross serra chaleureusement la main du nouveau venu. Puis Ewen vint lui donner une bourrade amicale.

— Kelpie ! Quelle surprise ! Que fais-tu à Londres ?

— Je vais te raconter tout cela.

La plupart des gens, qui ne semblaient pas connaître Basil, lui adressèrent à peine un coup d'œil distrait. Un peu timidement, Moïra s'avança vers lui. Il s'inclina en lui adressant un sourire qui fit de nouveau s'accélérer les battements de son coeur.

« Comme je l'aime ! Mon Dieu, comme je l'aime... »

Ewen présenta ensuite Basil à Emily.

— Mon meilleur ami, Basil Weston, capitaine du *Bornéo*, le cargo qui fait la navette entre Dundee et Londres. Basil, voici Mlle Emily Tickton, la plus charmante des débutantes.

Il donna une autre bourrade à Basil.

— Alors, Kelpie, tu as abandonné ton bateau pour faire un tour en ville ? Tu caches bien ton jeu. Moi qui croyais que tu évitais les réceptions comme la peste !

— Celles de Kinross sont différentes des autres. Elles n'ont rien de gourmé. On s'y amuse, on rencontre des gens aussi amusants qu'intéressants.

Dans un geste plein de naturel, Basil saisit la main de Moïra et la baisa.

— Oh ! Basil... fit-elle à mi-voix.

Un trouble intense l'envahit. En cet instant, elle se sentait follement, intensément heureuse.

— Quand repars-tu pour Dundee ? interrogea Ewen.

— Eh bien... ce n'est pas dans mes projets immédiats. Je suis obligé de passer un certain temps à Londres.

Ewen haussa les sourcils.

— Quoi ?

Basil lui adressa un coup d'œil amusé.

— Ne me dis pas que tu veux retourner en Écosse toutes affaires cessantes, Ewen. Je parie que la jolie personne dont tu tiens le bras dans un geste possessif a décidé de te retenir à Londres le plus longtemps possible.

— Ma foi...

Lorsque Ewen serra Emily contre lui, elle lui adressa un sourire radieux.

— Je ne comprends pas, reprit le frère de Moïra. Pourquoi es-tu obligé de rester à Londres, Kelpie ? Aurais-tu des ennuis de moteur avec le *Bornéo* ?

— Non. Mon cargo est reparti pour Dundee ce matin.

— Sans toi ? s'écria Ewen, stupéfait.

— J'en ai confié le commandement à mon second.

— Alors, là, je ne comprends plus !

— Il s'agit d'une longue histoire. Tu ne devineras jamais ce qui m'arrive ! En deux mots, sache qu'après la mort du duc de Brampton et de son fils unique, des cousins lointains par mon père, les hommes de loi ont découvert que c'était à moi que le titre devait revenir.

Pour une fois, Ewen demeura sans voix. Cela ne dura pas plus de quelques instants.

— Kelpie ! Est-ce possible ? C'est toi l'homme mystère ? Tu es devenu duc de Brampton ?

— Oui.

— Félicitations.

— Bah ! Un titre, tu sais...

— Un titre, des châteaux, un hôtel particulier à Londres, une fortune incalculable... Tu as une chance folle.

— L'argent ne fait pas le bonheur.

— Mais il y contribue.

D'un air sombre, Ewen ajouta à mi-voix :

— Et crois-moi, je sais de quoi je parle !

Lord Kinross, au milieu d'un petit groupe, se rengorgeait en annonçant que sa demeure avait été la première que le nouveau duc de Brampton honorait de sa visite.

Basil parut agacé.

— Tout le monde va vouloir me saluer et me parler...

Soudain, il prit Moïra par le coude et l'entraîna vers le hall.

— Allons nous réfugier pendant quelques instants au calme avant que la foule ne fonde sur moi.

Ewen laissa échapper un petit rire en voyant sa sœur s'éloigner en compagnie de celui qu'il persistait à appeler Kelpie.

— Il m'avait bien semblé remarquer que ces deux-là s'entendaient à merveille, confia-t-il à Emily.

— J'en suis très heureuse pour Moïra, fit la jeune fille avec élan.

Il lui pressa la main.

— Et nous, nous entendons-nous à merveille ? murmura-t-il.

Elle leva vers lui ses grands yeux bleus dans lesquels, ainsi qu'il l'avait confié à Moïra, il rêvait de se noyer.

— À votre avis, mon cher Ewen ?

Il baissa la voix.

— Emily, ce n'est ni l'endroit ni le moment. Et, de toute manière, je crains qu'il ne soit beaucoup trop tôt pour vous parler de mes sentiments…

— Il n'est jamais trop tôt, mon cher Ewen, déclara-t-elle avec simplicité.

Il l'emmena derrière la tenture de soierie exotique drapée autour de serpents et de dragons en cuivre, là où ils s'étaient installés un peu plus tôt.

— Emily, je suis tombé amoureux de vous dès le premier regard, avoua-t-il. Je ne pensais pas que le coup de foudre existait. Et… et voilà. Je vous aime.

— Moi aussi, je vous aime. Moi aussi, je suis tombée amoureuse de vous dès le premier regard.

Il se pencha et, sans se soucier des invités de lord Kinross qui, de toute manière, ne leur prêtaient aucune attention, ils échangèrent leur premier baiser.

Puis Ewen prit les mains de la jeune fille.

— Je vous aime, Emily, répéta-t-il. Je vous aime et mon plus cher désir est de vous épouser.

Elle baissa ses longs cils en rougissant légèrement.

— Je n'ai pas de plus cher désir que celui de devenir votre femme, fit-elle en écho.

Bien décidé à jouer la franchise, Ewen s'éclaircit la voix.

— Il existe cependant un gros problème.

Elle se raidit.

— Lequel ?

— Votre fortune.

— En quoi cela peut-il représenter un problème ? demanda-t-elle avec stupeur.

— Je ne voudrais pas être considéré comme un coureur de dot.

Emily laissa échapper un rire léger.

— Vous ? Le futur comte de Lednock ?

Très gêné, Ewen avoua :

— Mon père a fait dernièrement de très mauvais placements en Amérique. À cause de cela, nous avons d'énormes difficultés matérielles et…

Emily l'interrompit.

— Ne laissez pas l'argent gâcher notre relation, mon cher Ewen. Votre père a des soucis matériels ? Ne vous inquiétez pas, le mien saura régler tout cela en moins de temps qu'il n'en faut pour le dire.

Elle laissa échapper un rire léger.

— Il va être si heureux d'apprendre que je deviendrai comtesse ! Son rêve était de me voir devenir une vraie lady. Il est si snob que c'en est presque attendrissant. Quant à moi – ne vous fâchez pas –, il faut que vous sachiez ceci : jamais je n'ai attaché d'importance aux titres.

Elle lui adressa un sourire radieux.

— Alors, oublions votre titre, oublions ma fortune… et pensons seulement à nous, à notre bonheur, mon cher Ewen, murmura la jeune fille en se lovant dans les bras du futur comte de Lednock.

Pendant ce temps, dans un petit salon, Basil déclarait :

— Moïra, je suis navré de ne pas vous avoir écrit.

Elle baissa la tête.

— J'ai attendu de vos nouvelles… en vain.

— C'est seulement en vous retrouvant que je me suis souvenu que vous deviez descendre chez vos cousins lord et lady Cunningham.

La jeune fille demeura silencieuse. Mais elle n'en pensait pas moins.

« Pour qu'il ait oublié cela, il faut croire que je n'ai jamais compté beaucoup pour lui. »

— Une stupide confusion de noms, reprit Basil. J'étais persuadé que vous étiez chez lord et lady Carningham. Où au moins dix lettres doivent vous attendre…

Moïra retint sa respiration.

— Vous… vous m'avez écrit ?

Il lui prit les mains.

— Et je me demandais pourquoi vous ne me répondiez pas. Cunningham, Carningham… la confusion était aisée. Même si je ne me cherche aucune excuse.

Les yeux de la jeune fille se mirent à briller comme des étoiles.

— Oh, Basil !

— Puis le duc de Brampton est décédé. Même s'il s'agissait d'un lointain cousin, la bienséance voulait que je me rende à ses obsèques, dans le Hampshire.

Il secoua la tête.

— Après cela, les événements se sont succédé à toute allure. Son héritier présomptif était son fils unique, naturellement. Hélas ! Ce pauvre James a lui aussi péri dans le naufrage…

Son regard s'évada.

— Je me souviens d'avoir été une fois invité sur leur yacht. J'avais émis quelques doutes sur la sécurité de ce bateau relativement ancien. Mon cousin n'a pas voulu me croire… Si vous saviez comme je m'en veux maintenant ! Je me sens presque responsable de ces morts stupides.

Il tenait toujours les mains de la jeune fille.

— Ne parlez pas ainsi, murmura-t-elle. Vous avez fait votre devoir en le prévenant. Il ne tenait qu'à lui de prendre les dispositions nécessaires. Votre conscience devrait vous laisser en paix.

— Moïra, vous savez toujours ce qu'il faut dire en toutes circonstances. Vous êtes parfaite.

— Parfaite ? Moi ? Oh, sûrement pas !

— Vous êtes la plus charmante, la plus adorable de toutes les femmes.

Il la regarda avec ferveur.

— J'ai tellement pensé à vous depuis que vous avez descendu la passerelle du *Bornéo*… J'avais envie de me jeter à vos pieds, de vous supplier de ne pas partir et de m'épouser.

Une larme roula sur la joue de la jeune fille.

— Oh, Basil !

— Mais qu'avais-je à vous proposer ? Rien. Ou si peu ! Comment la fille du comte de Lednock aurait-elle pu se contenter de devenir la femme d'un homme obligé, pour gagner sa vie, de faire incessamment la navette entre Dundee et Londres ?

Oubliant toute sa timidité, Moïra déclara :

— J'aurais été très heureuse de vous accompagner dans vos voyages.

Avec un léger sourire, elle ajouta :

— Même s'il s'était simplement agi de transporter quelques troupeaux de chèvres…

— Oui, vous êtes adorable.

Soudain, il l'enlaça.

— Moïra, je vous aime. Voulez-vous devenir ma femme ?

La jeune fille eut l'impression que tout tournait autour d'elle.

— Oh, Basil… fit-elle seulement.

Il se raidit.

— Vous ne m'aimez pas ? Je me suis mépris ? Vous… vous en aimez un autre ?

Elle se lova contre lui.

— Je vous aime. Je vous aime de tout mon cœur et de toute mon âme.

Leurs lèvres se rencontrèrent dans un baiser sans fin. Puis Basil releva la tête.

— Mon aimée ! Ma Moïra... Nous allons, dès demain, nous rendre en Écosse. Je demanderai votre main à votre père et j'espère qu'il acceptera que notre mariage soit célébré dans les plus brefs délais.

La jeune fille toussota.

— Basil, je dois vous avouer que... que j'ai des ennuis.

— Comment cela ?

— Mon père est allé en Amérique avec Larry Harwood, l'Américain que vous avez rencontré à Lednock.

— Je me souviens de lui, fit Basil. Un individu assez odieux.

— Comme vous avez raison ! Mon père, qui est un homme confiant, s'est fait pratiquement dépouiller de tout ce qu'il possédait par cet escroc. Autant que vous le sachiez dès maintenant : je n'aurai pas de dot.

Basil éclata de rire, tout en resserrant son étreinte.

— Mon aimée, mon amour... Oui, vous êtes adorable, je ne me lasserai jamais de le répéter. Ne vous inquiétez pas pour ces questions matérielles. Maintenant que je suis devenu duc de Brampton, j'ai plus d'argent qu'il ne m'en faut. Et si je peux aider votre père, ce sera très volontiers.

Moïra n'osait en croire ses oreilles. Quoi, grâce à Basil, grâce à l'homme qu'elle aimait, toutes les difficultés de ses parents allaient être résolues ?

À ce moment-là, quelqu'un cria dans le hall :

— Mais où se cache donc le duc de Brampton ?

Basil leva les yeux au ciel.

— Un duc ne peut donc pas être tranquille pendant quelques instants ? Basil Weston était bien plus heureux. Personne ne songeait à l'importuner sur son bateau...

Il sourit.

— À propos de bateau, j'espère que vous accepterez de m'accompagner pour un grand voyage à bord du yacht que j'ai l'intention de faire construire selon mes plans.

— Vous savez bien, Basil, que je suis prête à vous suivre jusqu'au bout du monde.

— Justement, nous irons au bout du monde.

De nouveau, leurs lèvres se rencontrèrent. Puis il l'entraîna.

— Allons maintenant faire face aux amis de Kinross.

Lorsque le nouveau duc de Brampton apparut, une clameur monta.

— Où vous cachiez-vous, mon ami ? demanda lord Kinross.

— J'étais avec ma fiancée.

Lord Kinross, pour une fois, se trouva réduit au silence.

— Votre… votre fiancée ? balbutia-t-il enfin, retrouvant sa voix.

— Mlle Moïra de Lednock.

Quand Basil prit la jeune fille par la taille, des applaudissements retentirent.

Ewen, accompagné par Emily, rejoignit à ce moment-là le jeune couple.

— Quant à moi, j'ai le plaisir d'annoncer mes fiançailles avec Mlle Emily Tickton.

Lord Kinross, pas encore revenu de sa stupeur, s'exclama :

— Je n'en reviens pas !

Puis, dans un éclat de rire :

— Eh bien, ils vont vite en besogne, nos Écossais !

AVENTURES
& PASSIONS

Retrouvez les romans de la collection en magasin :

Le 1er septembre :
L'enchanteresse perverse ☙ Meagan McKinney (n° 3239)
Prince charmant ☙ Julie Garwood (n° 4087)
La vengeance d'un lord ☙ Jillian Hunter (n° 8119)

Le 15 septembre :
Chère Pénélope ☙ Sharon Ihle (n° 8120)
Une nuit avec un prince ☙ Sabrina Jeffries (n° 8121)

Découvrez les prochaines nouveautés de la collection :

Le 2 octobre :
Les frères Malory — 7 Voleuse de cœur ☙ Johanna Lindsey (n° 8150)
Jeremy Malory veut se venger d'un joueur invétéré, et pour cela il a besoin d'un voleur. Il trouve Danny et l'engage. Mais Danny n'est pas vraiment un garçon : sous son déguisement se cachent les traits d'une attirante jeune femme... Le charme de Danny viendra-t-il à bout de Jeremy, l'éternel séducteur ?

Un baiser dans la nuit ☙ Wendy Lindstrom (n° 8201)
Le shérif Duke attrape un petit voleur et le ramène à ses parents. Quelle n'est pas sa surprise de tomber sur Faith, la sœur du jeune garçon... et très jolie femme ? Duke ne tarde pas à être séduit, mais Faith et sa famille cachent un lourd secret...

Nouveau ! 2 rendez-vous mensuels aux alentours du 1er et du 15 de chaque mois.

Le 18 octobre :

Tentations Mary Reed McCall (n° 8151)

Lorsque Richard rentre en Angleterre, c'est pour apprendre que sa femme est devenue folle. Et c'est la douce Meg qui s'occupe d'elle et gère le domaine. Quand la femme de Richard meurt, Meg doit partir. Pas question! Comment Richard pourrait-il vivre sans sa gentillesse et sa tendresse ?

Les sœurs Meridew –2 Première valse Anne Gracie (n° 8160)

Sebastian Reyne cherche une épouse, mais plus qu'une femme, c'est une mère pour ses sœurs qu'il veut. Lady Elinore sera donc parfaite : certes, elle est un peu austère, mais elle s'occupe d'orphelins. C'est alors que la pétillante Hope fait irruption dans sa vie et bouscule toutes ses idées...

Nouveau ! 2 rendez-vous mensuels
aux alentours du 1er et du 15 de chaque mois.

Si vous aimez Aventures & Passions,
laissez-vous tenter par :

Passion intense

Quand l'amour vous plonge dans un monde de sensualité

Le 15 septembre :

Fantaisies du mardi soir Lisa Beth Kovetz (n° 8126)

Quatre femmes : Margot, passionnée par le sexe, Aimée, la future mère, Brooke, qui attend de fonder une famille, et Lux, l'aguicheuse. Elles n'ont pas le même âge, pas le même statut, pourtant elles se réunissent une fois par semaine pour lire les nouvelles érotiques dont elles sont les auteurs. Et la poésie se met alors au service de la sensualité...

Nouveau ! 1 rendez-vous mensuel
aux alentours du 15 de chaque mois.

Romance d'aujourd'hui

Le 15 septembre :

Pour l'amour de Kathleen ☙ Dinah MacCall (n° 8125)

Depuis dix-sept ans, Morgan refuse d'aimer et vit en solitaire. Jusqu'au jour où Kathleen, la femme qu'il aimait et qu'il croyait morte dans un incendie, réapparaisse dans sa vie, avec leur fille… Tallchief est bouleversé : pourquoi a-t-elle disparu ? Et surtout, pourquoi est-elle revenue ?

Retrouvailles en famille ☙ Susan Wiggs (n° 8124)

Célibataire effrayée par l'engagement, Lily se retrouve tutrice de trois enfants après la mort de ses meilleurs amis. Elle partage cette épreuve avec le séduisant Sean, oncle paternel des enfants. Tous les cinq vont devoir apprendre à se connaître, à surmonter leur douleur… Et à s'aimer.

Nouveau ! 2 titres tous les deux mois aux alentours du 15.

Retrouvez également nos autres collections :

SUSPENSE

Le 1er septembre :

Méfiez-vous des inconnus ☙ Meryl Sawyer (n° 3780)

Janna part sur l'île de Malte pour se remettre d'une douloureuse trahison. Là, elle rencontre Nick, un bel Américain qui l'attire irrésistiblement… Et qui manque d'être assassiné ! Qui veut sa mort ? En menant leur propre enquête, Nick et Janna découvrent des secrets qui leur montrent que toujours, tout peut recommencer…

Rancune tenace ☙ Suzanne Brockmann (n° 8122)

L'ex-mari d'Alessandra, Giffin, est assassiné par Tozzi, un patron de la pègre, à qui il avait dérobé de l'argent. À présent, c'est elle qui est en danger. Alessandra doit retrouver l'argent si elle veut rester en vie, et elle entend bien y arriver seule. C'est sans compter sur le séduisant agent du FBI, Harry O'Dell, qui poursuit Tozzi depuis longtemps.

Nouveau ! 2 rendez-vous mensuels aux alentours du 1er de chaque mois.

MONDES MYSTÉRIEUX

Le 1er septembre :

Les gardiens du destin ∞ Mary Jo Putney (n° 8123)

Par son père, Kathleen est de la race des Gardiens, des êtres supérieurs qui surveillent l'humanité. Lorsqu'elle rencontre Duncan, maître des éléments, elle sait que son destin va basculer : les astres ont annoncé qu'ils seraient un couple puissant. Mais aussi que Kathleen serait amenée à le trahir...

Nouveau ! 1 rendez-vous mensuel aux alentours du 1er de chaque mois.

Et toujours la reine du roman sentimental :

Barbara Cartland

Le 1er septembre :

Renaître à l'amour (n° 1373) *Collect'or*

La richesse de l'amour (n° 8129)

Le 15 septembre :

Un mensonge en or (n° 4167)

Nouveau ! 2 rendez-vous mensuels aux alentours du 1er et du 15 de chaque mois.

8129

Composition Chesteroc Ltd
Achevé d'imprimer en France (Manchecourt)
par Maury-Eurolivres
le 2 août 2006.
Dépôt légal août 2006. ISBN 2-290-35327-2

Éditions J'ai lu
87, quai Panhard-et-Levassor, 75013 Paris
Diffusion France et étranger : Flammarion